Für
Konstantin,
Marlene,
Anna:
Euer Grund
ist Liebe.

ela

ela

Mary
Delaney &
Alexandra
Lüthen

KUNSTANSTIFTER

Ich und Ela,

das ist eine ganz große Geschichte.

Ich bin Fatih.

Das ist ein Name
aus der Türkei.
Fatih bedeutet:
der Eroberer.
Ein Eroberer
ist jemand, der
kämpft und
etwas gewinnt.

Ein Land zum
Beispiel.

Oder ein Mädchen.
Wie Ela.
Ela erobern,
das geht nicht
mit Krieg.
Das geht nur
mit Liebe.
Und darin bin
ich gut.
Aber das wusste
ich selber noch
nicht.

Kapitel 1
Ich bin Fatih.

Die meisten Menschen verlieben sich in der Arbeit.
Weil man da so viele Leute trifft. Und irgendwann ist die richtige Frau dabei. Oder der richtige Mann.
Ich hatte Pech. Ich liebe Frauen. Aber ich arbeite nur mit Männern zusammen. In einer Auto·werkstatt.
Da ist es laut und dreckig. Man muss stark sein und schwere Sachen tragen. Es gibt die normalen Mechaniker. Und mich.
Ich mache Hilfs·arbeiten. Weil ich keine normale Schule besucht habe. Weil ich nicht gut lesen und schreiben und rechnen kann. Und nicht so schnell denken.
Glauben meine Kollegen. Die werden alle Auto·mechaniker.
Ich werde nichts. Ich bin einfach nur ich selbst.
Das ist gut für den Werkstatt·leiter. Er bekommt meine Arbeit für umsonst. Weil ich in einem Projekt bin.
Das Projekt hat einen langen Namen: „Projekt·weise Integration lern·behinderter Leistungs·erbringer in professionelle Arbeits·tätigkeiten durch leicht leistbare Einsätze.“ PILLEPALLE ist die Kurzform. Na ja.

•

Mein Chef ruft mich manchmal, wenn Kunden kommen.
„Das ist der Fatih. Unser Behinderter“, sagt er dann.
Und ich soll lächeln.
Die Leute sagen dann: „Ach, das ist aber nett.
Ist er immer so fröhlich, der Fatih?“
„Ja ja“, sagt der Chef. „Die haben ja ein sonniges Gemüt!“
Und ich soll dann noch mehr lächeln.
Meine Mutter sagt, das ist unverschämt. Als wenn ich ein Zootier wäre oder so. Aber die Arbeit macht mir Spaß.
Ich liebe Autos. Immer schon.

•

Jeden Morgen bringt mich ein Fahr·dienst zur Werkstatt. Großer Bus, kleiner Fahrer. Herr Kröter. Ich nenne ihn die Kröte. Aber nur im Kopf. Er ist mega·mies drauf.
Und schreit alle an. Er raucht im Bus. Er furzt auch oft.
Und lacht dann laut. Als wäre es ein Riesen·spaß.
Wenn man dahinter sitzt, ist es nicht so spaßig.

•

Aber jetzt kommen wir zum besten Tag meines Lebens.
Ich wartete wie immer vor unserem Haus.
Ich mag die Arbeit. Aber ich hasse Aufstehen.
Und ich hasse Herrn Kröter.
Die furzende Kröte. Deshalb habe ich morgens mörder·schlechte Laune. Ich stand also an meiner Halte·stelle. Der Bus kam. Ich stieg ein. Und bekam noch mehr schlechte Laune. Weil mein Platz besetzt war.
Ich guckte hoch und dann: BÄÄÄMMM!
In mir drin explodierte etwas. Und dann sah ich tausend Farben. Echt. So war das. In Wahrheit saß da nur Ela auf meinem Platz und sagte:
„Hallo."
Und ich habe kein Wort raus·bekommen. Weil ich so aufgeregt war. Ich habe mich dann neben sie gesetzt.
Sie am Fenster. Ich am Gang. Beide ganz hinten.
Ich konnte kaum atmen. Weil sie so unglaublich gut geduftet hat. Nach Shampoo und Creme und Sonne. Was weiß ich.
Sie duftete einfach wie das Beste von allem. Ich hab die Augen zugemacht. Und gedacht: So kann es bleiben.
Ich geh nie wieder irgendwohin. Ich sitze hier einfach neben der schönsten Frau der Welt. Bis ich sterbe.

•

Dazu kam es nicht. Zum Sterben meine ich. Die Fahrt in die Werkstatt dauert nämlich nicht lange. Zwanzig Minuten vielleicht. Ich war ganz weg·geträumt, als das Auto vor der Werkstatt hielt.
„Ey, Fatih, aus·steigen!“, brüllte Herr Kröter von vorne.
Und ich musste mich erst mal wach schütteln.
So tief war ich da schon in Ela verliebt.
„Fatih!“, brüllte der Fahrer wieder. „Fatih! Pennst du da hinten? Steig aus!“

•

„Ich bin Fatih“, sagte ich zu Ela und hielt ihr meine Hand hin.
Sie lächelte. „Und ich bin Ela“, sagte sie zu mir. „Fährst du später wieder mit?“
Ich nickte. Und dann nahm sie meine Hand und drückte sie.
Ganz leicht. Das nächste BÄÄÄMMM! an diesem Tag.
Ich dachte, ich sterbe. Echt jetzt. In meinem Kopf sauste es nur so. Ich konnte kaum mehr laufen. Meine Beine waren so wackelig, wie wenn ich krank bin. Aber ich war kein Stück krank. Ich fühlte mich wie der stärkste Mann der Welt.
Wie ein Eroberer!

•

„Fatih ...“, sagte Ela noch mal. „Fatih.“
Der Fahrer war aus·gestiegen und zog an meinem Arm.
„Mann, Mann, Mann, Fatih! Was ist denn los mit Dir?
Kein Bock auf Arbeit? Jetzt geh schon!“ Und dann zog er mich weg von Ela.

•

In der Arbeit fiel mir an dem Tag alles runter. Dann rief mich der Chef zu einem Kunden. Und sagte wieder den Spruch:
„Und das ist der Fatih. Unser Behinderter.“

Und der Kunde sah mich ganz komisch an.
Und fragte den Chef: „Der grinst ja so. Ist das die Behinderung? Sind die alle so fröhlich?"
Und der Chef sah mich auch komisch an und sagte: „Na ja, fröhlich sind sie schon. Aber so ist er sonst auch nicht." Und dann stieß er mich in die Seite und sagte: „Jetzt guck mal wieder normal, Fatih!"
Aber ich konnte nicht. Ich musste die ganze Zeit grinsen. Mir tat schon das Gesicht weh davon. Aber ich konnte nicht aufhören. Immer, wenn ich an Ela dachte, musste ich grinsen. Und ich dachte die ganze Zeit an sie.

•

„Ey, Fatih, was ist los? Biste verliebt?", fragte ein Kollege in der Frühstücks·pause. Und alle lachten. „Fatih ist verknallt! Der Knall·kopf ist verknallt!"
Und das verstand ich sehr genau. Knall·kopf sagen sie oft zu mir. Nur wenn es der Chef nicht hört.
„Wer ist es denn, Fatih?" Und dann machten sie Affen·geräusche und schrien: „Uga-uga-Liebe! Unser Mongo ist verliebt!" Sie sind nicht besonders witzig.
„Guck mal! Der lacht auch noch!", riefen sie dann.
Das stimmte. Weil ich gar nicht mehr zuhörte.
Sondern an Ela dachte. Ich saß einfach da und dachte an sie.
Und dann war es so wie unter einem Regen·schirm.
An dem alles einfach abläuft. Das ganze Lachen von meinen Kollegen. Der blöde Chef. Lief einfach an mir runter.
„Ich muss heute früher Schluss machen!", sagte ich zu meinem Chef. Ich hatte nämlich noch was vor.
„Du bist heute sowieso zu nichts zu gebrauchen", sagte er.

•

Also durfte ich früher gehen. Gegenüber von der Auto·werkstatt ist ein Blumen·laden. Da ging ich rein.
„Ich brauche hundert rote Rosen!“, sagte ich.
Die Verkäuferin sah mich an wie ein Auto.
Mit ganz großen Augen.
„Hundert rote Rosen? So viele habe ich gar nicht.
Hast du überhaupt Geld dabei?“
Ich nickte und klopfte auf meine Tasche.
Da waren zwanzig Euro drin. Die habe ich immer dabei.
Für die Not, sagt meine Mutter immer.
Wenn der Bus mal nicht kommt oder so.
Damit ich mir ein Taxi nehmen kann.

•

Aber Verliebt·sein ist auch Not. Da muss man einfach rote Rosen kaufen. Geht gar nicht anders. „Zeig mal!“, sagte die Verkäuferin, und ich packte meinen Zwanzig-Euro-Schein auf den Tisch.
„Soll ich dir mal so viele rote Rosen geben, wie du für einen blauen Schein kriegst?“ Ich nickte.
„Für deine Mama?“, wollte die Verkäuferin wissen.
Ich schüttelte den Kopf. „Für Ela“, sagte ich. Und Mann.
Wie ich ihren Namen so sagte, passierte es wieder.
Ich sah alles in bunt und mein Herz explodierte dabei.
Da steckte die Verkäuferin den Schein ein und sagte:
„Verstehe ...“ Und dann nahm sie die ganzen roten Rosen aus dem Eimer und gab sie mir in den Arm.
Es sah aus wie mindestens hundert.
Ich ging mit den Rosen wieder auf die andere Straßen·seite und wartete auf den Bus.

•

Verliebt sein ist auch Not.
Da muss man einfach rote Rosen kaufen.
Geht gar nicht anders.

Als er kam, musste ich auf und ab hüpfen. Ich hätte es sonst nicht ausgehalten. Da tanzte die Liebe in mir. Aber so richtig.

•

Der Bus hielt und ich riss die Tür auf. Da war sie! Ela!
Es war schwierig, mit den Blumen in den Bus zu kommen.
Ich warf sie einfach rein. In Elas Richtung.
„Die sind für dich!“
Und dann grinste Ela. Es war, wie in einen Spiegel zu sehen.
Ela grinste genauso wie ich. Sie war verliebt! In mich!
Der Fahrer war aus·gestiegen. Und nach hinten gekommen.
Er sammelte die ganzen Rosen wieder ein.
„Mann, Fatih! Was ist das denn?“ Aber ich antwortete ihm nicht. Ich guckte nur zu Ela. „Die sind für dich!“, brüllte ich, weil ich nicht leise sprechen konnte vor lauter Liebe.
„Fatih …“, flüsterte sie und alles war richtig.

•

Wir saßen dann neben·einander. Sie hatte die Blumen auf dem Schoß und ich ihre Hand in meiner. Und wir waren an·geschnallt. Weil unser Leben so schnell war.
Und außerdem ist es Vorschrift. Aber das war nicht wichtig.

•

Als der Bus bei mir zu Hause hielt, musste ich aus·steigen.
„Bis morgen!“, sagte ich und Ela nickte. Sie machte die Augen zu und schnupperte an den Rosen. Und dann gab sie mir ihren Schal. „Da sind auch Blumen drauf“, sagte sie. Und wirklich. Da waren tausend blaue Blumen auf dem Stoff. Ich schnupperte natürlich auch. Und konnte kaum atmen. Der beste Duft von allen. Ich habe das schon gesagt. Aber ich konnte gar nicht genug davon bekommen.

•

Der Fahrer brachte mich über die Straße. Das tut er normaler·weise nicht. Ich gehe alleine. Aber an dem Tag nahm er mich am Arm. Und brachte mich rüber.
Damit ich vor lauter Liebe nicht vors Auto laufe. Sagte er.

•

Ich klingelte. Meine Mutter machte auf und sagte:
„Oh! Dich hat's erwischt, was?" Und ich nickte.
„Aber volle Lotte", sagte ich. Das sagen wir in meiner Familie so. Volle Lotte ist einfach das meiste. „Sie heißt Ela", sagte ich noch. „Morgen sehe ich sie wieder. Und heute mach ich gar nichts mehr. Nur Verliebt·sein, okay?"
„Okay", sagte meine Mutter und fragte: „Essen?"
Aber ich schüttelte den Kopf. Ich hatte null Hunger.
Ich legte mich auf mein Bett und dachte an Ela. Ich sah meine Hand an. Die sie angefasst hatte. Die Hand fühlte sich heiß an. Ich legte Elas Schal über mein Gesicht. Es war wunderbar. Als wäre sie da.
In dieser Nacht konnte ich gar nicht schlafen.

•

Ela und ich. Die Sache hatte angefangen.

Kapitel 2
Alles Liebe.

Vielleicht war es ein guter Tag für Liebe. Ich war nicht der einzige Verliebte. Am nächsten Morgen holte mich der Bus ab. Und Herr Kröter stieg aus. Er sah anders aus. Glücklich. Fast wie eine hübsche Kröte. Er sagte: „Guten Morgen, Fatih! Bereit für die Arbeit?“ Und grinste.
Ich sagte: „Oh. Sie sind ja ganz verliebt, Herr Kröter!“
Und er sagte: „Fatih, Fatih! Wo du recht hast, hast du recht!“
Ich verstand das nicht. Nur, dass ich recht hatte. Na also.
Herr Kröter summte ein Lied. Eines aus einer Oper.
Babababa, babababa! Und dann riss er die Schiebe·tür auf.
Und es war, als würde die Sonne heraus·leuchten.
Denn ganz hinten saß Ela. Auf unserem Platz.

•

Ich winkte mit dem Schal. Und sie hatte eine Blume an der Jacke. Eine von den Rosen. Als Schmuck. Das ganze Auto duftete an dem Tag. Nach der Rose. Nach Ela. Und nach Herrn Kröter. Er hatte Parfum benutzt. Er roch wie mein Vater an Weih·nachten.

•

„So, ihr Turtel·täubchen! Wir machen heute einen Umweg. Ein·verstanden?“
Und schon fuhr er los. Nicht zu der Werkstatt.
Sondern er hielt irgendwo anders. Eine Frau stand an der Straße. Sie sah sehr wütend aus. Ihr Gesicht sah aus wie in einem Comic. Wo ein Gesicht nur aus wenigen Strichen besteht. Schräge Augen·brauen. Schiefer Mund.
Ein Strich als Nase. Aber sonst war sie sehr schön.
Lange Beine und lange Haare. Dünner Bauch und runde Brüste. Die konnte man sehr gut sehen.
Sie hatte ein enges Kleid an. Und sehr, sehr hohe Schuhe.

Mit denen konnte sie nicht laufen. Sie trippelte.
Und winkte wütend.

•

Als Herr Kröter die Tür aufmachte, konnten wir sie hören:
„Da bist du ja endlich! Ich warte hier! Es ist kalt!"
Das stimmte. Es war kalt. „Warum dauert das denn so lange?"
Herr Kröter sah ganz klein aus in seinem Sitz.
„Sorry … du weißt doch. Ich muss doch die beiden
zur Arbeit bringen."
Die Frau setzte sich ins Auto. Sie sah sich zu uns um.
„Ach! Wegen diesen Spinnern lässt du mich warten? Ja?"
Sie sah uns nicht mal richtig an. Als wären Ela und ich nur
Pflanzen oder so. Keine besonders schönen Pflanzen.
Etwas, das man abliefern musste.
„Ich sag dir mal was! Ich habe Eile. Entweder fahren wir jetzt
sofort zu IKEA. Oder das war's mit uns beiden.
Ich kann auch jemand anderen fragen!"
Herr Kröter wollte das wohl nicht so gerne.
Er drehte sich zu Ela und mir um.
„Wir fahren noch schnell zu IKEA, okay?"

•

Bei IKEA war ich schon oft. Ich mag es nicht. Viele Leute.
Und viel Kram. Meine Mutter liebt IKEA.
Oh, guck mal! Das brauchen wir! Unbedingt!
Sie sagt das aber nicht nur bei einer Sache.
Sie sagt es bei Tee·lichtern. Die brauchen wir tatsächlich.
Aber zehn reichen. Meine Mutter kauft hundert.
Sie sagt es bei Servietten. Die brauchen wir nicht unbedingt.
Ich finde Küchen·krepp reicht.
Sie sagt es bei Bett·wäsche. Die brauchen wir sicher nicht.

Sie sah uns
nicht mal richtig an.
Als wären Ela und ich nur Pflanzen.

Nicht noch mehr Bett·wäsche! Ich mag die, die ich habe!
Und so weiter. Zum Schluss ist der Wagen immer voll.
Meine Mutter und ich haben einen Deal. Sie geht rein und ich bleib draußen. Ich sitze im Auto und höre Musik.
Und helfe ihr später. Tee·lichter und Servietten und Bett·wäsche ins Auto zu packen.

•

„Oh! IKEA!", rief Ela. Sie ist zwar eine Traum·frau.
Aber eine mit normalen Macken.
Ich machte es wie mein Vater. Ich lächelte sie an und nahm ihre Hand. Über manche Sachen diskutiert man besser nicht.
Sagt mein Vater. Da hat er recht.

•

Wir fuhren also zu IKEA. Das war ein ganzes Stück weg.
Ich dachte an meine Werkstatt. Ela flüsterte:
„Ich muss eigentlich pünktlich sein."
„Wo arbeitest du?", fragte ich sie.
„Bei einer Zeitung", sagte sie. Und ich spürte, dass sie stolz war.
„Was für eine Zeitung? So wie BILD?"
„Nein. Ganz anders. Sie kommt nur einmal im Monat.
Da sind gute Geschichten drin. Nicht nur Nachrichten."
„Schreibst du die Geschichten?"
„Nein. Ich mache die Bilder dazu."
„Bist du Malerin?"
Sie nickte.
„Ich kann nicht schreiben. Aber ich kann alles malen.
Dich habe ich auch gemalt. Gestern Abend."
„Zeig mal."
Und sie holte aus ihrer Tasche ein Bild.

„Hey! Das ist voll gut!“
Ich erkannte mich sofort. Sie hatte sogar mein Lächeln gemalt. Wenn ich male, dann erkennt man gar nichts.
Aber hier alles. Man sah meine Locken. Und dass ich braune Augen habe. Die Narbe auf der einen Seite im Gesicht.

•

Ela zeigte auf das Bild. Auf die Narbe.
„Da warst du verletzt, oder? Und deshalb ist da jetzt eine Stelle.“
Ich nickte.
„Was ist da passiert?“, fragte Ela.
Ich darf es eigentlich nicht sagen. Das habe ich versprochen.
Aber Ela guckte so lieb. Und ich liebte sie.
Meiner Freundin wollte ich die Wahrheit sagen. Leise.
Damit Herr Kröter nichts mitbekam. Aber der war vorne beschäftigt. Mit dieser Frau. Die hatte immer noch schlechte Laune. Egal. Ich erzählte Ela die Geschichte von meiner Narbe.

Kapitel 3
Geheimnisse.

„Also", sagte ich. „Das war so. Mein Vater kommt aus der Türkei. Und mein Onkel lebt immer noch dort. In den Ferien fahre ich da hin. Mein Onkel hat eine eigene Auto·werkstatt. Da helfe ich."
Ich redete jetzt super·leise weiter. Weil es echt niemand wissen durfte.
„Ich fahre die Autos hin und her."
„Du kannst Auto fahren?"
Und jetzt war ich mindestens so stolz wie Ela. Ich nickte.
„Aber pssssst! Niemand darf das wissen!"
„Warum nicht? Auto zu fahren ist doch toll!", sagte Ela.
„Weil ich keinen Führer·schein habe. Mein Onkel hat es mir so beigebracht."
„Wie denn?"
Ich musste lachen. Und erzählte Ela davon.
„Da gibt es einen Hügel. Hinter der Werkstatt. Mein Onkel hat ein Schrott·auto. Das hat er den Hügel hinauf·gefahren. Unten am Hügel lag ein Haufen alter Reifen. Und dann hat er mich ans Steuer gelassen. Und sich auf den Beifahrer·sitz gesetzt."
„Und dann? Bist du gefahren?"
„Aber volle Lotte!"
Ela verstand sofort, was volle Lotte heißt. Sie lachte.
„Ich hatte vorher schon zugeguckt. Ich wusste, was man machen muss. Gas geben. Ich habe ein bisschen viel Gas gegeben." Ich musste auch lachen.
„Das Auto war zwar alt. Aber der Hügel ziemlich steil. Zusammen war das dann ganz schön schnell. Mein Onkel hat geschrien. Und dann – WOMMM! – steckten wir schon in dem Reifen·haufen! Sie sind überallhin gerollt und gehüpft.

Und der Scheiben·wischer war angegangen.
Wisch-wasch-wisch-wasch-wisch-wasch. Ganz ohne Regen.
Nur Staub·wolken."
Ela kicherte.
„Und dann?"
„Mein Onkel war ganz weiß im Gesicht. ‚Fatih, du bist ein Teufels·kerl!', hat er gesagt. Und dann hat er gegrinst.
Danach musste ich den Hügel wieder hochfahren.
Das war viel schwieriger. ‚Bergauf braucht man Gefühl!', hat mein Onkel gesagt. Da hatte ich noch viel zu lernen.
Du musst die richtige Menge Gas geben. Sonst säuft dir der Motor ab."
Ela verstand das nicht. Ich erklärte noch mal.
„Es gibt drei Pedale. Kupplung, Gas und Bremse.
Kupplung und Gas sind Freunde. Erst die Kupplung, dann das Gas. Und dann nur noch Gas. Das hört sich leicht an. Aber man muss es üben. Ich habe es geschafft.
Wir sind den Hügel hinauf·gefahren. Ganz, ganz langsam.
Und das Auto war höllen·laut dabei. Und es hat geraucht."
„Wie Herr Kröter ...", sagte Ela.

•

Stimmt. Herr Kröter und seine Freundin hatten sich Zigaretten angezündet. Die Fenster waren offen.
Aber der Rauch blieb trotzdem drinnen. Wie eklig.
Er machte den ganzen guten Duft von Ela weg.
„So ähnlich", sagte ich. „Mein Onkel und ich haben den ganzen Abend geübt. Und dann jeden Tag. Und am Schluss konnte ich dann richtig fahren. Das war gut.
Mein Onkel hatte keine Lust, die Autos auf dem Park·platz hin und her zu fahren. Das hab ich dann gemacht.

Immer das Auto, was abgeholt wurde, nach vorne.
Oder das, was mein Onkel reparieren wollte, auf die Hebe·bühne."
„Cool ...", sagte Ela.
„Stimmt", sagte ich. „Aber: psssst. Sonst kriegt mein Onkel fetten Ärger." Und Ela nickte.

•

„Ich kann auch was Verbotenes", sagte sie dann.
Das machte mich neugierig.
„Was denn?", fragte ich. Sie wurde rot und lachte.
„Ach nichts", sagte sie.
„Doch, sag schon, ich will es wissen!"
Sie guckte weg von mir. Aus dem Fenster. Aber da waren nur Bäume und Felder.
„Küssen", sagte sie dann in Richtung Fenster. Super·leise.
Ich wusste nicht, ob ich es richtig gehört hatte.
„Küssen?", fragte ich.
Sie nickte. Ganz schnell. Und guckte mich dann doch wieder an. Ihre Wangen waren ganz rot. Und ihre Augen glänzten.
Ich hätte jetzt auch gerne cool gesagt. Aber das war mehr als cool. Dass Ela übers Küssen redete: Das machte mich ganz ver·rückt. Ich sah in ihr Gesicht und sah nur ihren Mund. Und dachte Kuss-Kuss-Kuss. Ich wusste schon, was sie meinte. Aber ich konnte es nicht. Ich konnte meine Mutter küssen oder meinen Vater oder unsere Katze.
Die läuft dann ganz schnell weg. Manchmal küsse ich sie trotzdem. Weil sie so süß guckt. Egal. Hier ging es um richtige Küsse. Wie ich das im Fern·sehen gesehen hatte.
Oder bei meiner Nachbarin. Wenn ihr Freund sie nach Hause bringt. Ich seh sie manchmal von meinem Zimmer aus.

Sie stehen dann vor der Haustür auf der anderen Straßen·seite. Sie streicht sich die Haare nach hinten. Und lächelt. Und dann küssen sie. Und küssen. Und küssen. Ich habe mich immer gefragt, wie sie das machen. Wegen dem Luft·holen. Die Gesichter sind ja so nah zusammen und so lange. Reicht da die Luft?
Das fragte ich Ela. Und sie lachte mich an.
„Natürlich!", sagte sie. „Man braucht ja auch weniger Luft!"
„Warum?", wollte ich wissen.
„Weil man fast eins ist beim Küssen. Nicht mehr zwei. Küssen ist Eins·sein." Und dann guckte sie wieder weg. Als wenn sie sich schämte.

•

Ich guckte nach vorne. Zu Herrn Kröter und seiner Freundin. Die war jetzt still. Wahr·scheinlich freute sie sich auf IKEA. Sie lächelte ihn an. Und er gab ihr ganz schnell einen Kuss. Weil die Ampel gerade rot war. Als es hinter uns hupte, fuhren wir weiter.

Kapitel 4
Das eigene Paradies.

Wir fuhren auf den IKEA-Park·platz.
„Fahr in die Tief·garage“, sagte die Freundin von Herrn Kröter. „Dann müssen wir die Sachen nicht so weit tragen.“
In der Tief·garage war kaum etwas los. Nur ganz wenige Autos parkten dort. Wahr·scheinlich weil es so früh war. Wenn ich mit meiner Mutter am Samstag hier bin, ist es immer voll. Herr Kröter parkte nahe am Eingang. Seine Freundin stieg aus.
„Was ist?“, fragte sie. „Kommst du?“
Er guckte nach hinten. Zu Ela und mir.
„Und die beiden?“, fragte er.
„Ach, die kommen doch alleine klar. Wir sind ja gleich wieder da. Oder willst du sie im Kinder-Paradies abgeben?“
Sie lachte. Es hörte sich gemein an.

•

Das Kinder-Paradies kenne ich. Aber ich darf da gar nicht rein. Ich fand es immer toll und wollte gerne rein.
Ich weiß es noch. Da war ich noch klein. Ein Kind eben.
Und Mama und ich haben uns angestellt. Meine Mutter hat den Zettel ausgefüllt. Mit meinem Namen neben dem Marien·käfer. Als wir dran waren, habe ich schon die Schuhe ausgezogen. Und wollte durch die Tür gehen.
„Nein. Tut mir leid. Das geht nicht“, sagte die Mit·arbeiterin.
„Warum nicht?“, fragte Mama.
„Es geht eben nicht. Es sind schon viele Kinder da.
Wir können uns jetzt nicht um ein besonderes Kind kümmern“, sagte die Mit·arbeiterin.
Hinter uns standen noch einige Leute in der Schlange.
Die fingen an zu meckern.

•

„Er ist ein ganz besonderes Kind. Das stimmt“, sagte meine Mutter. „Fatih ist zum Beispiel ganz besonders freundlich. Und ganz besonders nett zu anderen.“
„Trotzdem. Wir können ihn nicht nehmen. Vorschrift!“, sagte die Mit·arbeiterin und zeigte auf einen Zettel an der Wand. Ich konnte das natürlich nicht lesen. Aber Mama schon und sie schüttelte den Kopf.
„Was steht da?“, wollte ich wissen.
„Ach. Blödsinn“, sagte sie und zog mir die Schuhe wieder an. „Komm. Wir machen uns unser eigenes Paradies.“
Aber das wollte ich nicht. Ich wollte da rein. Ins richtige. Mit dem Bälle·bad und dem Fern·seher und den Stiften.
Mama stellte sich noch mal an. Jetzt hatte sie ihren Geld·beutel in der Hand. Und sie bezahlte mit einem großen Schein.
„Aber nur dieses eine Mal, Fatih! Das ist eine Ausnahme.“
Es war ein ganz toller Tag dort. Ich hatte viel Spaß.
Und war traurig, als ich gehen musste. Aber auch froh, dass es einmal geklappt hatte. Daran dachte ich, als ich jetzt in der Tief·garage saß.

•

„Wir bleiben hier“, sagte ich zu Herrn Kröter. Und zu Ela: „Wir machen uns unser eigenes Paradies!“ Damit sie nicht traurig sein musste.
„Wo bleibst du denn?“, brüllte Herrn Kröters Freundin. Sie war schon am Eingang.
„Ihr bleibt genau hier drin. Verstanden?“, sagte Herr Kröter und wir nickten. Dann schloss er die Tür ab. Er rannte seiner Freundin hinterher.

•

Es war dunkel und gemütlich im Auto.
Ein bisschen Licht kam von der Tief·garagen·lampe ins Auto.
So viel, dass ich Elas Augen sehen konnte. Und ihren Mund.
Mit dem sie küssen konnte.
„Also“, sagte ich. Weil man ja irgendwas sagen muss.
Wenn es so still ist. Sie guckte mich nur an. Ganz still.
In meinem Hals war ein enges Gefühl. Ich versuchte es
runter·zu·schlucken. Es ging nicht weg.
Meine Stimme war ganz kratzig, als ich sagte:
„Jetzt sind wir alleine. Jetzt kannst du es mir beibringen.“
„Was denn?“, fragte Ela. Aber sie wusste genau, was ich
meinte. Das sah ich daran, wie sie guckte.
Sie wollte, dass ich es sagte. Sie wartete einfach ab.
„Das, was du kannst und ich nicht.“
Sie kicherte. Aber lieb. Ich sollte es sagen.
Boah, war das schwer.
„Küssen!“, schrie ich, weil ich da so Lust drauf hatte.
„Okay!“, schrie sie und lachte.
„Was muss ich machen?“, wollte ich wissen.
„Erst mal gar nichts. Ich mach schon. Ich kann das.
Okay? Es ist sehr schön. Du wirst sehen.
Du weißt dann von selber, wie es geht. Versprochen.“

•

Ich nickte. Ich guckte sie an, ganz genau.
„Du musst die Augen zumachen“, sagte sie.
„Aber dann kann ich dich nicht sehen!“, sagte ich.
„Doch. In dir drin siehst du mich dann besser.
Probier es aus“, sagte sie und nahm meine Hand.
Also machte ich die Augen zu.
Und noch mal schnell auf.

Mein Gesicht lag in ihren Händen.
Wir machen uns unser eigenes Paradies

Weil ich wissen wollte, was sie jetzt machte.
„Augen zu. Nicht schummeln“, sagte sie, und ich machte die Augen wieder zu.

•

Elas Hand berührte mein Gesicht. An der Seite.
Da, wo kaum Bart·stoppeln sind. Und dann mit der anderen Hand an der anderen Seite. Mein Gesicht lag in ihren Händen.
Es fühlte sich an, als würde mein ganzes Ich zwischen ihren Händen liegen. Und dann fühlte ich ihren Atem auf meinem Gesicht. Sie roch ein bisschen nach Kaffee. Und sehr viel nach Ela. Ihre Haut war so warm. Ich konnte spüren, dass ihr Gesicht ganz nah an meinem war.
Wegen der Wärme.
Wie Sonnen·strahlen im Sommer, wenn es schön ist.
Und dann an meinem Mund ihre Lippen. Ganz weich.
Wie kleine warme Kissen. Und sie ließ sie auf meinem Mund liegen. Kein Schmatzer, wie ich ihn der Katze schnell gebe.
Sondern so, als wäre das einfach der richtige Ort.
Wo ihre Lippen jetzt bleiben sollten. Ich wollte unbedingt etwas sagen. Oder mich bewegen. Oder die Augen aufmachen. Aber dann hätte das aufgehört. Also blieb ich ganz ruhig sitzen. Und mein Herz raste wie ver·rückt.
Dann wurde es besser. Ich konnte genauer spüren.
Elas Lippen. Warm und weich. Und dann etwas Feuchtes, Rundes. Elas Zungen·spitze. Sie stupste meine Lippen an.
Ganz freundlich. Dann hielt sie wieder still. Und noch mal, diesmal weiter. Und dann passierte das, was Ela gesagt hatte:
Ich wusste, was ich machen musste. Ich stupste zurück.
Mit meiner Zungen·spitze. Und dann fielen sich unsere Lippen und Zungen in die Arme.

Also, das geht ja nicht. Weil sie keine Arme haben.
Aber es fühlte sich so an. Unsere Zungen und Lippen umarmten sich und streichelten sich. Sie tanzten miteinander. Normal finde ich Spucke von anderen Leuten eklig. Aber Elas nicht. Es war einfach das Aller·schönste so. Und wenn ich atmete, bekam ich genug Luft. Ela hatte recht gehabt. Und es war so gute Luft. Sie duftete nach Küssen und Ela und nach Liebe.

•

Meine Hände nahmen Elas Gesicht jetzt auch zwischen sich. Ich wollte die ganze Ela zwischen meinen Händen halten. Ihre Haut war so weich. Ich berührte sie nur ganz vorsichtig. Wie etwas, das schnell zerbrechen könnte. Sie seufzte. Aber ganz zufrieden. Ich war über·rascht, dass man beim Küssen atmen kann. Und sogar seufzen! Ich seufzte auch. Ganz tief. Und küsste sie noch mehr. Jetzt wollte ich ihr zeigen, dass ich es schon konnte. Und meine Zunge spürte Elas Zähne. Ich hatte mit meiner Zunge noch nie fremde Zähne berührt. Aber Ela hatte recht gehabt. Wir waren beim Küssen nicht mehr zwei. Wir waren eins.

•

Dann quäkte es ganz laut und das Licht im Auto ging an! Der Koffer·raum wurde aufgerissen und Tief·garagen·luft kam ins Auto. Zwischen Elas und meinen Sitz wurde ein Karton geschoben. Unsere Münder fielen auseinander. Unsere Lippen wollten sich noch festhalten.
Aber wir rückten auseinander. Ich machte die Augen wieder auf. Ela auch. Gleich·zeitig. Als wären wir immer noch eins. Nur jetzt in zwei Körpern. Aber immer noch eins.

Kapitel 5
Elas Stärke.

Herr Kröter schob Kartons in den Koffer·raum.
Seine Freundin half ihm nicht. Sie stieg gleich ein.
Sie redete in ihr Telefon. Mit einer ganz süßen Stimme:
„Ja-ha! Ich bin's!"
Dann sprach sie leise weiter. Sodass Herr Kröter es nicht hören konnte:
„Der lädt gerade alles ein. Ich bin so froh, dass das geklappt hat. Wie soll ich denn sonst die Möbel in die Wohnung bekommen? Vielleicht hofft er, dass ich ihm nachher Kaffee koche ..."
Dann lachte sie. Ganz fies. Sie sah sich kurz zu mir um.
Sie guckte auf meine Arme. Sie nickte und sprach weiter in das Telefon:
„Ja. Der trägt bestimmt alles hoch. Hier ist auch noch so ein Typ dabei. Nicht besonders helle. Aber sieht stark aus.
Du, ich muss aufhören. Sven kommt. Bis gleich!"
Sie machte das Telefon aus. Als Herr Kröter einstieg, lachte sie ihn an. Ihre Stimme war wieder süß.
Sie log: „Vielen, vielen Dank! Du bist der Beste!
Lass uns zur Wohnung fahren. Nur noch kurz hochtragen!
Ich werde dir ewig dankbar sein! Du bist meine Rettung!"
Herr Kröter merkte nicht, dass sie log. Der glaubte das alles.
Und guckte auf ihre freundlichen Brüste.
Und dann zu ihren Augen. Und ihrem Mund.
Ich wusste: Er wollte gerne küssen. Aber das ging nicht.
Seine Freundin hatte es eilig.
Sie sagte: „Los, los! Jetzt aber schnell!"
Und lachte wieder ganz komisch.
Herr Kröter versuchte es trotzdem.
Der Kuss landete auf ihrem Ohr.

„Nicht“, sagte sie. „Ich kann das hier nicht. Nicht vor denen.“
Sie zeigte nach hinten. Zu Ela und mir.
Ela beugte sich zu mir. „Die lügt doch!“, sagte sie.
Ich nickte. Ich wollte das Herrn Kröter sagen.
Aber der war schon losgefahren.
„So, jetzt aber in die Werkstatt“, sagte Herr Kröter.
Ela und ich waren ganz erleichtert.
Wir waren schon viel zu spät!
„Och nö“, sagte die Freundin von Herrn Kröter.
„Erst zur Wohnung. Dann kann ich schon aufbauen.
Das dauert nicht lange.“
„Ich muss die beiden doch zur Arbeit bringen“,
sagte Herr Kröter.
„Och bitte! Bitte-bitte-bitte!“, sagte die Freundin.
Wieder mit dieser süßen Stimme. Und sie machte ganz
große Augen dazu. Und drehte ihre freundlichen Brüste
zu Herrn Kröter.
„Na gut!“, seufzte Herr Kröter.
„Da kann ich gar nicht Nein sagen!“
Das glaubte ich sofort. Die Freundin war so wie unsere
Katze. Wenn sie noch Leckerli will. Obwohl sie schon ganz
viele bekommen hat. Ich kann dann auch nicht anders.
Wenn sie so um mich rum schleicht. Ich gebe ihr dann
trotzdem welche. Aber die Katze hört nie auf.
Einmal habe ich ihr eine ganze Packung gegeben.
Sie wollte immer noch mehr.

•

Ela war mutig. Sie rief: „Das geht nicht. Ich muss zur Arbeit!“
Die Kröter-Freundin drehte sich um. „Du kannst ja reden!“,
sagte sie.

„Na klar kann ich das!“, sagte Ela. Ich fand sie gut.
„Ooooh“, sagte die Freundin. „Das ist doch schön für dich.
Wenn du ein bisschen herumfahren darfst.
Das ist doch eine Abwechslung.“
„Nein“, sagte Ela. „Das mache ich, wenn ich frei habe.
Aber heute ist Dienstag. Da arbeite ich.
Sonst kann keiner die Bilder machen.“
Die Freundin hatte sich schon wieder umgedreht.
Sie redete nicht weiter mit Ela. Sondern nur mit Herrn Kröter. Sie sagte etwas ziemlich Fieses:
„Süß. Die denkt, ihre Arbeit ist wichtig. Was arbeiten die denn? Bilder malen oder was?“
„Das habe ich gehört!“, rief Ela. „Meine Arbeit ist wichtig!“
Sie klang richtig wütend. „Ich habe Termine.
Die Zeitung muss geschrieben werden. Und die Bilder müssen gemacht werden. Da muss man pünktlich sein!“
Herr Kröter guckte zu seiner Freundin.
Die verdrehte die Augen. Dann sagte sie:
„Die nervt. Na gut. Fahren wir zur Werkstatt.“
Ela neben mir war ganz aufgeregt. Sie hatte den Streit gewonnen. Ich war stolz auf sie. Ich drückte ihre Hand.
Vorne war jetzt Ruhe.

•

Die Freundin drückte auf ihrem Handy rum. Herr Kröter guckte immer wieder zu ihr. Aber sie sah ihn gar nicht an.
„Jetzt fahr schon“, sagte sie.

Kapitel 6
Kuss·kraft.

Dann kamen wir zu Elas Zeitungs·büro. Da wartete schon jemand. Ihre Chefin. Sie machte die Autotür auf.
„Da bist du ja, Ela! Warum bist du so spät?“
Ela wollte antworten. Aber Herr Kröter mischte sich ein.
„Probleme mit dem Auto. Hat gedauert. Jetzt ist sie ja da.“
Ela stieg aus. Ich wollte einen Kuss. Aber sie gab mir keinen. Sie zwinkerte mir zu. Und so konnte ich den Kuss wieder spüren. Ich zwinkerte zurück. Küssen ist eine heimliche Sache.

•

Wir fuhren dann zur Auto·werkstatt. Bei mir wartete keiner.
Es fragte auch keiner nach. Warum ich zu spät war.
Ich war nicht wichtig. Es störte mich an dem Tag nicht.
Ich hatte Zeit. Ich saß in der Kaffee·küche. Und dachte nach. Das tue ich gerne.
Meine Mutter sagt dann oft: „Du träumst wieder, Fatih.“
Das stimmt nicht. Ich denke nach. Wirklich. Über Sachen, die ich will. Und wie ich das mache. Dass ich sie kriege.
Hier ging es um Ela. Die konnte ich natürlich nicht kriegen.
Das geht nur mit Sachen. Nicht mit Menschen. Oder Frauen.
Und schon gar nicht: mit der schönsten Frau der Welt.
Die einen küssen kann, dass einem schwindlig wird.
Aber ich wollte mehr Zeit. Mit Ela. Mehr Küsse. Mehr Duft. Mehr Anfassen.
Hm. Klacker-di-klack. Meine Gedanken waren wie Murmeln. Auf einer Bahn. Klacker-di-klack. Was konnte ich machen?
An dem Tag ging die Arbeit besser. Ein bisschen. Als ob der Kuss mich verzaubert hätte. Ich wusste jetzt, dass Ela mich liebte. Das machte es leichter. Ich wusste, dass wir uns wieder küssen würden.

Und deshalb war ein Teil von mir ruhig. Nicht richtig ruhig. Immer noch aufgeregt. Aber ich konnte meine Arbeit machen. Ohne dass mir etwas herunter·fiel. Weil der Kuss mir etwas gezeigt hatte. Dass ich was konnte.
Dass ich gut so war. Wie ich war. Ich konnte meine Arbeit machen. Und gleich·zeitig an Ela denken.
Denken stimmt nicht ganz. Ich dachte nicht so wie sonst. Ich dachte mit meinem Herz. In mir war so eine Wärme. So eine Liebe. Mit der ich alles tun konnte. So, als ob alles mit Ela zu tun hätte. Die Werk·zeuge, die ich anfasste: Ela. Die Kiste, die ich hochhob: Ela. Der Kaffee, den ich trank: Ela. Alles war ganz leicht. Ich hatte eine unheimliche Kraft: Kuss·kraft! Wie Asterix, wenn er Zauber·trank getrunken hat. Noch mehr! Wie Obelix, der als Baby in den Zauber·trank rein·gefallen war!

•

Mein Chef sagte: „Ich bin heute sehr zufrieden mit dir. Wenn du dir Mühe gibst, kannst du eine Menge! Weiter so!"
Und ich lächelte. Und dachte, es stimmt. Nur Mühe muss ich mir nicht geben. Ich mach einfach so. Und das ist gut.

Kapitel 7
Geschenke.

Leider hatte ich kein Geld mehr. Sonst hätte ich wieder Blumen gekauft. Ela ist so eine Frau. Der muss man einfach Blumen schenken. Am besten jedes Mal. Aber das Geld war alle. Ich machte etwas anderes. In der Küche bewahren wir Sachen auf. Essen natürlich. Und etwas zu trinken.
Ich wollte gerne mit Ela essen und trinken. Ich hatte das mal im Fern·sehen gesehen. Zwei waren verliebt.
Und haben zusammen ein Pick·nick gemacht. So schnell konnte ich das nicht mit Ela machen. Aber ich nahm eine von den kleinen Kisten. Und da packte ich Sachen rein.
Einmal Pralinen. Die schenkt der Chef manchmal einer Kundin. Wenn er will, dass sie wieder kommt. Einmal Cola.
Die haben wir immer hier. Und dann noch eine Lampe zum Fest·klemmen. Die benutzen wir hier. Wenn wir unter dem Auto liegen. Damit man sieht, was man tut. Ich nahm ein sauberes weißes Tuch. Davon haben wir ganz viele.
Der Chef sagt: Nur eine saubere Werkstatt ist eine gute Werkstatt. Die Kunden sehen saubere Lappen.
Dann wissen sie, dass wir mit ihren Autos gut umgehen.
Ich legte den Lappen ganz ordentlich zusammen.
Und einen Kuss packte ich noch in die Kiste. Nicht mit meinen Händen. Mit meinem Herzen. Dann machte ich die Kiste zu. Jetzt sah sie wieder aus wie ein Werkstatt·koffer.

•

Als der Bus kam, winkte Ela schon. Sie sah glücklich aus.
„Alles war heute so leicht“, sagte sie. „Aber du hast mir gefehlt! Den ganzen Tag! Jetzt bist du da. Endlich!“
Ich nickte und setzte mich neben sie. Kuss-Kuss-Kuss, sagte mein Herz. Aber Herr Kröter guckte uns an.
Da wollte ich lieber nur mit dem Herz küssen.

Nicht ihn! Ela natürlich. Die machte die Augen zu.
Und schickte mir einen Luft·kuss. Und ein Lächeln.
Den Koffer nahm ich auf den Schoß.
Ela hatte auch ein Päckchen auf dem Schoß.
„Was hast du da?“, wollte ich wissen.
„Geheimnis!“, sagte sie. Aber sie lachte so, dass ich schon wusste: Das war etwas für mich!
Ich wollte schneller sein. Ich gab ihr den Koffer.
Und sagte: „Ich will gerne mit dir essen. Ganz bald.
Am liebsten heute. Aber das geht nicht. Wegen dem Fahren.
Deshalb werde ich an dich denken. Später. Wenn ich esse.“
Sie sah mich an. Sie verstand es nicht. Ich machte den Koffer für sie auf.

•

„Ach so!“, sagte sie. „Ich habe mich schon gewundert.
Ob ich ein Auto reparieren soll oder so!“
Ich lachte.
„Nein! Du sollst nur an mich denken und essen. Das ist alles.
Autos repariere ich selber. Aber an mich denken, das sollst du tun. Das schaffe ich alleine nie so gut!“
Ela lächelte. Und gab mir ihr Paket. Ich wickelte das Papier ab. Es war ein Block. Auf den ersten Blättern war schon etwas drauf. Zeichnungen. Von Ela. Von Ela.
Also Ela hatte sich selber gemalt. Wie sie an einem Tisch sitzt.
Der Tisch war nur mit Blei·stift gemalt. Und das Zimmer auch nur in Grau. Über ihrem Kopf hatte sie eine Wolke gemalt.
Eine Gedanken·wolke. In der war ich drin. In bunt.
Und ein buntes Herz mit ganz viel Rot. Aus dem Herz tropfte Farbe heraus, wie Regen. Da, wo sie hintropfte, wurde es bunt. Kleine bunte Flecken auf dem Tisch. Und ein Spritzer

Du
sollst das
machen!
Das nächste
Bild.

auf die gemalte Ela. Da, wo ihr Herz war. Bunt-bunt-bunt.
Ich blätterte um. Und sah wieder Ela. Nur das Gesicht.
Ihren Mund hatte sie wie einen Kuss·mund gemalt. Und mich.
Wie ich auf ihren Lippen spazieren ging. Ich war gespannt
auf das nächste Bild. Ich blätterte um. Aber das Blatt war leer.
Ich sah Ela an.
„Du sollst das machen!“, sagte sie. „Das nächste Bild.“
Oh Mann. Das konnte ja was werden. Dachte ich mir.
Aber ich sagte: „Mach ich.“
Und steckte den Block in meinen Rucksack.
„Das ist nicht ganz gerecht“, sagte ich.
„Du musst nur essen und denken und ich soll arbeiten.“
„Ich bin eben die Frau“, sagte Ela und lachte.
„Wir dürfen das.“
Dagegen konnte ich nichts sagen.
Vielleicht war das eine Regel.
„Es wird aber nicht gut“, sagte ich.
„Macht nichts“, sagte Ela. „Haupt·sache, es ist von dir.“

Kapitel 8
Rosa Fee und blaues Hemd.

Nach dem Abend·essen ging ich in mein Zimmer.
Da stand schon mein Rucksack. Der Block von Ela ganz vorne drin. Ich suchte erst mal Stifte. Das dauerte. Ich fand einen Kugel·schreiber, einen Blei·stift, einen Neon·leucht·stift in Gelb. Das war's. Nein, da war in der Schublade noch ein Bunt·stift. Ein ganz kleiner rosa Stummel.
Mir fiel wieder was ein. Der Stift war nämlich noch aus dem Kinder·garten. Da war Rosa meine Lieblings·farbe.
Deshalb hatte ich damit heimlich meine Wand angemalt.
Als das Licht schon aus war. Ich hatte mir das so überlegt:
Ich mache mein ganzes Zimmer rosa. Und es wird eine Über·raschung für alle. Wenn meine Eltern mich wecken, werden sie staunen. Sie werden sagen: „Fatih! Das hast du toll gemacht. Dein Zimmer sieht aus wie ein Schloss."
Na ja. In Wahrheit war es anders. Es hat sehr lange gedauert mit dem Bunt·stift. Ich habe versucht, so viele Stellen wie möglich rosa zu machen. Und habe Striche gemalt.
Dann bin ich ein·geschlafen.
Meine Eltern haben mich am nächsten Morgen geweckt.
Aber nicht wie sonst mit Kuss. Sondern mit Geschrei:
„Fatih! Wie sieht es denn hier aus? Warst du das?
Was soll das sein?"

•

Und dann machte ich die Augen auf. Und guckte mich um.
Mein Zimmer sah aus! Als wenn eine Fee darin herum·geflogen wäre. Aber keine besonders gute Fee.
Eine, die betrunken ist, vielleicht. An manchen Stellen hatte ich sehr fest aufgedrückt. Damit viel Farbe an die Wand kommt. Leider ist dabei etwas Tapete abgegangen.
Mein Zimmer sah aus! Als hätte die betrunkene Fee nicht

Aber jetzt war ich kein Kind mehr. Sondern ein Mann.

Mit einem rosa Buntstiftstummel in der Hand. Und einem leeren Blatt auf dem Block.

Und einer großen Liebe im Herzen. Die ein Bild von mir wollte.

alleine gefeiert. Als hätte sie eine Menge Freundinnen eingeladen. Deshalb musste ich lachen. Meine Eltern kannten das schon. Sie wussten, dass Schimpfen nicht hilft. Sie lachten auch. „Fatih“, sagten sie. „Wenn wir gewusst hätten, dass wir einen wie dich kriegen, hätten wir Zwillinge bestellt.“

•

Aber jetzt war ich kein Kind mehr. Sondern ein Mann.
Mit einem rosa Bunt·stift·stummel in der Hand.
Und einem leeren Blatt auf dem Block. Und einer großen Liebe im Herzen. Die ein Bild von mir wollte.

•

Ich malte einen Test·fleck in Rosa. Der Stift ging noch gut. Und die Farbe war wie mein Gefühl für Ela. Sanft und rosa und süß. Als ich das Rosa sah, hatte ich Gedanken.
An Elas Haut. Die war auch so ein bisschen rosa.
Ich dachte nur noch an Elas Haut. Ich malte und malte.
Keine Striche. Flächen. Die ganze Ela-Haut. Dann war mein Bild fertig. Leider konnte man gar nichts erkennen.
Man konnte nicht sehen, was was war. Welche Haut die aus Elas Gesicht war. Oder die von Elas Händen.
Zum Glück konnte man auch nicht sehen: dass ganz schön viel Haut dabei war, die man normal nicht sieht.
Haut unter Elas Ärmeln. Haut unter Elas Socken.
Und andere auch. Ich nahm also den Neon·stift.
Und malte ein paar Pfeile ins Rosa. An Stellen, die wichtig waren. Ich konnte gar nicht aufhören. Es waren tausend Stellen an Ela, die wichtig waren. Das Blatt war schon ganz gewellt. Ich hörte dann lieber doch auf.

•

Ich ging in die Küche. Meine Mutter saß am Tisch.
„Ach, Fatih!“, sagte sie. „Ich dachte, du schläfst schon.“
Sie sah müde aus. Aber sie machte noch Rechnungen.
Bei uns ist meine Mutter die Rechnerin. Sie kann das gut.
Mein Vater sagt immer: Mama trifft die kleinen Ent·scheidungen. Und er die großen. Ich habe ihn gefragt: Was sind denn große Ent·scheidungen? Er hat gesagt: Bis jetzt gab es noch keine. Und dann hat er Mama angelächelt. Das heißt: Mama kümmert sich bei uns um alles, was mit Geld zu tun hat. Sie arbeitet auch in einer Bank. Und zu Hause macht sie auch alles mit Geld. Das ist sehr wichtig. Sie ist eine gute Rat·geberin. Jetzt schob sie alles beiseite. Und guckte zu mir.
„Möchtest du noch etwas trinken?“, fragte sie.
„Ja“, sagte ich. Ich dachte nach, was ich trinken wollte.
„Ein Bier!“, sagte ich.
„Ein Bier?“, fragte meine Mutter. „Du trinkst doch nie Bier!“
„Heute schon“, sagte ich und fühlte mich wie ein Mann.
Meine Mutter guckte in den Kühl·schrank.
Ein Bier war noch da. Wir teilten es uns.
„Warum kannst du nicht schlafen?“, fragte meine Mutter.
„Ela“, sagte ich nur.
„Warum lädst du sie nicht mal ein?“, schlug meine Mutter vor.
Ich wurde ganz aufgeregt. Das war eine gute Idee!
„Morgen?“, fragte ich.
Meine Mutter nickte. „Wenn sie Zeit hat“, sagte sie.
Ich trank mein halbes Bier. Und dachte: Das ist das beste Leben. Die Gedanken an Ela tanzten in meinem Kopf.
Das kam sicher vom Bier. Aber noch mehr von Ela selber.
Das war auch sicher.

„Ich geh jetzt ins Bett“, sagte ich. Und trank das Bier aus.
„Mach das“, sagte meine Mutter. „Schlaf gut. Wenn du schlafen kannst.“

•

Sie kannte sich gut aus mit der Liebe. Ich konnte nämlich gar nicht einschlafen. In meinem Kopf war nur ein Satz: „Morgen frag ich sie! Morgen frag ich sie! Morgen frag ich sie!“ Und so weiter. Irgendwann bin ich dann doch ein·geschlafen.
Als ich aufstand, ging ich duschen.
„Nanu“, sagte meine Mutter. „Du duschst doch sonst erst nach der Arbeit.“
„Mama!“, sagte ich.
„Ach so …“, sagte sie. Und holte mir aus der Wasch·küche mein Lieblings·hemd. Blau. Weil ich Blau liebe.
Und weil ich sehr gut darin aussehe. Das sagen alle.
Ich zog es an. Und ging zu meinem Vater.
„Kann ich eine Krawatte haben?“, fragte ich.
Er sah mich verwundert an.
„Eine Krawatte? Ist das nicht unpraktisch? In der Werkstatt?“
„Schon“, sagte ich. „Aber für eine Frau ist es praktisch. Dann weiß sie, dass ich ein Mann bin.“
Das verstand sogar mein Vater.
„Ich hoffe, das weiß sie auch ohne Krawatte“, sagte er nur.
Jajaja, auch ohne Krawatte. Aber bevor man ohne Krawatte ein Mann ist, muss man erst mal einer mit Krawatte sein. Fand ich. Mein Vater half mir mit dem Knoten.
„Gut siehst du aus!“, sagte er dann. Und: „Viel Glück!“
Das konnte ich brauchen.

Kapitel 9
Wie im Film.

Ich stand an der Straße. Wie jeden Montag, Dienstag, Mittwoch, Donnerstag und Freitag. Alles war wie immer. Und alles war anders. Alles hatte sich verändert. Vorher war ich nur ein Junge gewesen. Auf seinem Weg zur Arbeit. Jetzt war ich ein Mann. Der auf seine Frau wartete. Die Straße war nicht mehr nur eine normale Straße. Es war die Straße meines Lebens. Es war wie im Film. Oder im Theater. Als ob alles extra dahin gestellt worden wäre. Und ich war die Haupt·person. Der, der wichtig ist. Der, der Sätze sagt. Die etwas verändern. Das Auto kam. Es war immer noch der gleiche weiße Bus. Mit Herrn Kröter hinter dem Lenkrad. Aber heute war er mein Chauf·feur. Und ich der wichtige Mann. Der sich fahren ließ. Das Auto war mein Traum·auto. Mit meiner Traum·frau drin. Ich konnte Musik hören. Obwohl es keine gab. Nur Straßen·geräusche. Einen bellenden Hund. Eine Frau mit Kinder·wagen. Ein Kind, das lachte. Aber in mir war Musik. Wie von einem Orchester. Lauter Klaviere und Geigen und eine riesige Trommel. Bamm-ba-da, bamm-ba-da, klingeling. Das Klingeling, das war eine Triangel. Die man nur ganz leicht mit einem Stab berührt, und dann gibt es einen schönen Ton. Klingeling. Ba-damm, bamm-ba-da, klingeling.

•

Der Bus hielt. Herr Kröter stieg aus. Er wollte die Tür aufmachen. Aber die Tür ging von selbst auf. Ela hatte nicht warten können. Sie schob die Tür auf, swischschsch! Und dann ging das Orchester volle Lotte los. Sie sprang aus dem Auto. Und flog mir in die Arme.

•

Sie rief: „Fatih! Ich habe dich vermisst! Endlich bist du da!
Ich kann nicht leben ohne dich!“
Und ich hielt sie im Arm. Die ganze tolle Ela. Um uns rum
eine Wolke. Aus Sonnen·creme·duft und Dusch·gel·duft.
Elas lange Haare waren in meinem Gesicht. Es störte mich
kein bisschen. Ich schob sie trotzdem von mir weg.
„Du musst mich angucken“, sagte ich.
Das tat sie auch.
„Du siehst so toll aus“, sagte Ela. Ich nickte und nahm sie
wieder in den Arm. Jetzt, wo sie mich gesehen hatte.
Sie schob mich weg.
„Du musst mich auch angucken“, sagte sie.
Das tat ich. Und: Mann! Sie sah so toll aus! Sie hatte ein
Kleid an. So ein schönes Kleid.
Mit allen Farben, die es gibt. Wie ein Regen·bogen!
Aber kein Kleid für kleine Kinder.
Ein richtiges Frauen·kleid. Wo man den Busen sieht.
Ein bisschen jedenfalls. Und wo man Beine sieht.
Eine ganze Menge Beine. Sie hatte eine Kette an.
Die konnte klingeln. Wie ein kleines Glöckchen.
In ihrem Haar war auch Schmuck. Eine Haar·spange in bunt.
Das passte gut zu dem Kleid. Und zu Ela. Ela war alle Farben.
„Jetzt habe ich alles gesehen“, sagte ich.
„Komm wieder her!“ Ich nahm sie wieder in den Arm.
So hätte ich für immer stehen können. Die Musik in meinem
Kopf wurde immer schöner und lauter. Zwei Orchester jetzt.
Das war, weil Elas Orchester auch dabei war.
Glaube ich jedenfalls.

•

Dann kam eine dicke fette Pauke dazu. So eine riesige Trommel meine ich. BUMM-BUMM-PÖMM!
Es gab keine echte Pauke. Aber so hörte sich Herr Kröter an. Der stand jetzt nämlich neben uns. Er zog an meinem Arm. Und sagte laut: „Das reicht jetzt! Seid ihr denn ver·rückt geworden? Wir fahren jetzt zur Arbeit! Wir sind hier nicht im Zirkus!“
BUMM-BUMM-PÖMM!, ich sag's ja. Also stiegen wir ein. Das dauerte. Weil wir uns doch immer umarmen mussten. Aber Herr Kröter hatte ja recht. Erwachsene Leute können nicht den ganzen Tag nur verliebt sein. Männer und Frauen machen das nebenbei. Die müssen auch arbeiten. Und so tun, als wären sie normal. So viel wusste ich schon.
Als wir an·geschnallt waren, fuhr Herr Kröter los.
„Jeder behält seine Hände bei sich!“, sagte er noch.
Ganz streng. Aber er musste ja auf die Straße gucken.
Und im Rück·spiegel konnte er nur unsere Gesichter sehen. Die guckten geradeaus. Aber unsere Hände. Die sah er nicht. Die liefen zueinander. Sie hatten sich auch vermisst.
Die ganze Nacht. Elas Hand legte sich in meine.
Wie ein kleines Tier in seine Höhle. Mit meiner Hand fasse ich sonst Dinge an. Das merke ich gar nicht so genau.
Elas Hand war kein normales Ding. Ich spürte alles von Elas Hand. Und auch meine eigene Hand ganz anders.
Die Innen·seite. Sie wurde gestreichelt. Von Elas Haut.
Ich war froh, dass es nur meine Hand war. Ich dachte, wenn sie auch meinen Arm anfassen würde. Oder mein Bein. Oder mein Gesicht. Dann könnte ich nicht mehr atmen.
Weil das zu viel wäre. Zu viel schön. Aber die Hand:
Also das war toll. Das war so toll.

Ela war erwachsener als ich. Sie hatte die Zeit im Kopf. Weil sie ja bald aus·steigen musste. Sie zog ihre Hand weg. Sie kramte in ihrem Rucksack. Sie nahm die Cola·dose heraus. Die ich ihr eingepackt hatte. Sie war verbastelt. Jetzt war es keine Cola·dose mehr. Sondern eine Stifte·dose. Mit allen Farben drin.
„Für dich", sagte sie. „Damit du mir malen kannst."
„Ich habe schon für dich gemalt", sagte ich. Und gab ihr den Block. Sie blätterte zu meinem Bild. Sie sagte nicht viel. Sie sagte: „Danke. Ich sehe sehr schön aus auf deinem Bild."
Und das meine ich eben mit Ela: dass sie so was versteht. Ohne dass ich was sage. Weil sie so was sehen kann.
Mit ihren Zauber·augen.
Mit diesen Zauber·augen sah sie mich jetzt an.
Kuss-Kuss-Kuss. Ich gab ihr einen Kuss. Es sollte nur ein kleiner Kuss sein. Ein ganz schneller. Aber das geht nicht. Ela kann ich nicht klein und schnell küssen. Ela muss ich richtig küssen.
Das tat ich.
„Hey!", brüllte es da von vorne. „Hey! Was macht ihr da?"
Herr Kröter, die Kröte. Mann, Mann, Mann. Konnte der nicht einfach fahren? Nur weil er heute keinen zum Küssen hatte! Wo war eigentlich seine Freundin?
Ich hörte auf, Ela zu küssen. Und setzte mich ordentlich hin.
„Wo ist Ihre Freundin, Herr Kröter?", fragte ich ihn.
„Ja", sagte Ela. „Wo ist sie heute?"
„Weiß ich nicht", sagte Herr Kröter. Es klang aber wie eine Lüge. Als wüsste er genau, wo sie ist. Oder würde sich was denken.

•

„Fehlt sie Ihnen?“, wollte Ela wissen.
„Hm“, machte Herr Kröter und zuckte die Schultern.
So ein Ist-mir-egal-Schulter·zucken. Wo einem die Sache überhaupt nicht egal ist.
„Wir können doch noch mal zu IKEA fahren“, sagte Ela.
„Das war doch gut. Das wollte sie doch.“
Herr Kröters Gesicht sah etwas glücklicher aus.
„Na ja. Ich kann ja mal fragen. Ob sie noch was braucht.“
„Sie braucht bestimmt noch was!“, sagte Ela.
Ich dachte an unsere immer hungrige Katze. Ela hatte recht.
Herr Kröter drehte das Radio lauter. Ein Liebes·lied.
Ich war glücklich. Glück-Glück-Glück.
Wir hielten vor der Werkstatt. Ich gab Ela einen Kuss.
Einen schnellen, kurzen. Ich konnte das doch.
Wenn ich mir das vornahm.
Ich war sehr stolz auf mich. Dass ich das geschafft hatte.
Wie ein erwachsener Mann. Der verliebt ist.
Und trotzdem sein Leben lebt. Der Bus fuhr ab.
Ahhh! Verdammt. Leider hatte ich das Wichtigste vergessen.
Vor lauter Glück und Erwachsen·sein! Ich wollte sie doch fragen. Ob sie Zeit hat. Zum Treffen. Verdammt.

Kapitel 10
Krawatten-Kaffee.

Ich ging in die Werkstatt. Alle machten einen Spruch.
„Ey, Fatih! Wirst du jetzt Chef hier?"
„Ey, Fatih, denkst du, du arbeitest in einer Bank?"
„Ey, Fatih, du siehst voll bescheuert aus!"
Der Chef sah mich auch komisch an.
„Was soll das denn? In der Werkstatt sind Krawatten verboten. Wegen der Dreh-Maschine. Das weißt du doch."
Na super. Ich ging in die Küche. Ich koche auch Kaffee.
Ich ärgerte mich so. Über mich selbst. Ich musste Ela doch fragen! Der Ärger ging nicht weg. Der Kaffee brauchte ewig.
Ich guckte nach. Und beugte mich über die Maschine.
Und zog die Kaffee·kanne raus. Dabei ist es passiert.
Meine Krawatte tauchte in den Kaffee. Ich sprang nach hinten. Die Kaffee-Krawatte klatschte gegen das Hemd.
Heiß und nass. Ich hätte fast geheult. Das war so scheiße.
Mein Kollege lachte: „Hahaha! Heute gibt's Krawatten-Kaffee. Hahaha!"
Ich wollte ihn schlagen. Aber ich tat es nicht.
Ich sagte: „Koch deinen Kaffee doch selber!"
Er sagte: „Ey, für so nen Scheiß haben wir dich doch!"
Ich spuckte in den Kaffee. Und ging aus der Küche.
Ich zog mich um. Das nasse Hemd aus. Den Overall an.
Die Arbeit dauerte an dem Tag ewig. Wie sieben Tage hinter·einander. Mir fiel wieder alles runter. Mein Chef machte mich fertig. Er sagte: „So wird das nie was.
Gib dir mal Mühe. Du bist zu nichts zu gebrauchen."
Ein Kunde kam. Er holte sein Auto ab. Der Chef rief mich dazu. Er sagte: „Und das ist der Fatih. Unser Behinderter."
Ich schrie: „Ich bin mein eigener Behinderter!"
Der Kunde fragte: „Warum schreit der denn so?

Ist das die Behinderung?“
Ich schrie weiter: „Ihr seid doch selber alle behindert!“
Der Chef sagte: „Das gibt eine Abmahnung. Ich werde mit deinen Eltern sprechen.“
Ich brachte ihm einen Kaffee. Die Spucke sah man nicht mehr. Aber ich wusste, dass sie noch drin war.
Ich wartete nur auf vier Uhr. Endlich war es vier Uhr.
Es regnete. Ich stand draußen. In meinem Overall.
Und hatte eine Tüte in der Hand. Mit meinem Kaffee·hemd drin. Wie ein Klein·kind. Im Kinder·garten. Da bekam man auch eine Tüte. Mit nassen Sachen. Wenn man sich in die Hose gemacht hatte. Das habe ich nie! Nur der schlaue Benni. Der wusste immer alles. Aber er hat immer in die Hose gemacht. Ich habe ihn dann getröstet. Mich tröstete keiner.

•

Der Bus kam nicht. Das Auto meiner Mutter kam.
Sie stieg aus und sagte: „Der Fahr·dienst hat angerufen. Der Bus ist kaputt. Ich hole dich ab.“
Ich schrie sie an: „Du bist ganz falsch!“
Und dann heulte ich doch. Es hat keiner gesehen.
Und meine Mutter kennt das schon. Sie sagte gar nichts.
Sie schob mich ins Auto. Damit es auch wirklich keiner sah.
Dann zeigte sie auf die Tüte.
Und fragte: „Fatih? Hast du etwa …?“
„… in die Hose gemacht?“, brüllte ich. „Nein, hab ich nicht. Ich bin doch kein Baby!“
Und dann heulte ich wieder. Wie ein Baby.
Weil ich so enttäuscht war.
Meine Mutter ließ den Motor noch aus. Und ich erzählte alles.
Vor allem von meinem Ärger. Ich sagte: „Mama, ich bin so

blöd! Warum hab ich sie nicht gefragt? Ich bin so blöd!"
Meine Mutter nahm mich in den Arm. Sie sprach ganz leise:
„Armer Fatih. Das fühlt sich schlimm an. Du wolltest das so gerne machen. Das tut mir leid."
„Was soll ich denn jetzt machen?", fragte ich.
„Du fragst sie morgen", sagte meine Mutter.
„Morgen, morgen", sagte ich. „Das geht nicht.
Jetzt und heute muss es sein!"
„Ach, Fatih", sagte meine Mutter. „Das ist die Liebe.
Da muss alles immer jetzt und sofort sein. Ich versteh das."
„Und jetzt ist sie noch nicht mal da!", rief ich. „Wie soll ich das aushalten? Bis morgen!"
„Du musst dich ablenken", sagte meine Mutter.
„Ich habe schon eine Idee."

Kapitel 11
Musik·rausch.

Wir fuhren nach Hause. Die Katze kam angelaufen.
Sie wollte schmusen. Das tat mir gut. Katzen tun gut.
Egal wie traurig man ist. Die Katze kommt und schnurrt.
Und in einem wird es besser.

•

Meine Mutter zog ein Foto·album aus dem Regal.
„Guck mal!“, sagte sie. Da waren Fotos von meiner Mutter.
Als sie noch keine Mutter war. Eine junge Frau. Siebzehn.
Auf dem Foto war Weih·nachten. Sie saß neben dem Baum.
Eine Menge Geschenke überall. Aber meine Mutter guckte ganz böse.
„Warum guckst du da so böse? Weih·nachten ist doch schön!“, sagte ich.
„Das war mein schlimmstes Weih·nachten“, sagte meine Mutter. „Ich war verliebt. In einen Jungen aus meiner Klasse.
Und dann kamen die Ferien. Zwei Wochen konnte ich ihn nicht sehen. Ich habe allen das Weih·nachts·fest verdorben.
Ich habe nur rumgemault. Und es dann meinem Vater erzählt.
Der hat mir einen Tipp gegeben. Ich sollte einen Schal stricken. Für den Jungen. Erst fand ich das blöd.
Dann habe ich es gemacht. Der Schal hat mich abgelenkt.“
„Und dann?“, wollte ich wissen. „Hast du ihm den Schal gegeben? Und ihr habt euch geküsst?“
Meine Mutter lachte. „Nee. Leider nicht. Er hat ihn nie bekommen. Ich war schon auf dem Weg zur Schule.
Mit dem Schal. Beim Kiosk habe ich noch etwas gekauft.
Schokolade. Für die Pause. Da ist es passiert.
Nachdem ich zwei Wochen den Schal gestrickt hatte.“
„Was ist passiert?“, wollte ich wissen.
„Der Kiosk·junge“, sagte meine Mutter.

Und: „Es ist mir peinlich."
„Was?", fragte ich. „Was ist dir peinlich?"
„Na ja. Der guckte so süß. Und hatte wunder·schöne Augen. Und die Hände, Fatih! Die Hände! Und seine Stimme!"
„Was war mit seiner Stimme? Was hat er gesagt?"
Meine Mutter lachte. Sie lachte so doll, dass das Foto·album wackelte. Sie lachte, dass ihre Augen tränten.
„Er hat gesagt: Das kostet eine Mark."
Ich sah sie an. Ich verstand es nicht. Sie lachte wieder. Und redete weiter.
„Eine Mark. Mehr hat er nicht gesagt. Aber das hat gereicht. Ich dachte, das wäre der schönste Satz der Welt. Weil mich da die Liebe schon wieder erwischt hatte."
„Das verstehe ich nicht", sagte ich.
„Tja", sagte meine Mutter. „Ich habe das auch nicht verstanden. Die Liebe kann man nicht immer verstehen. Mal macht sie dies. Mal macht sie das. Sie ist wie ein kleiner Vogel. Wie ein Spatz. Mal sitzt er ganz ruhig auf einem Ast. Dann fliegt er weg."
„Das kann gar nicht sein", sagte ich.
„Doch", sagte meine Mutter, „das war so. Vielleicht hatte sich meine Liebe in der Wolle ausgetobt? Vielleicht war ich auch nicht wirklich in den Jungen verliebt."
„Hä?", sagte ich, weil mir nichts einfiel.
„Ich glaube, ich war in die Liebe selbst verliebt!", sagte meine Mutter. „Ich hatte Lust auf die Liebe."
Ich dachte nach. Das war nicht gut. Was, wenn Ela sich in jemand anders verliebte? Sie sollte nicht stricken. Lieber nicht. Bei mir wäre das anders. Ich könnte einen Schal

stricken. So lang, dass er einmal um die Erde reichte.
Und meine Liebe zu Ela wäre immer noch nicht alle.
Ich könnte einkaufen gehen. Zum Kiosk. Zum Bäcker.
Zum Super·markt. Ich wäre immer noch in Ela verliebt.
„Bei mir ist das anders", sagte ich.
„Glaube ich auch", sagte meine Mutter.
„Du bist ja auch schon älter, als ich da war."
Ich nickte. Sie hatte recht. Vor Ela war ich auch mal verliebt
gewesen. So klein-klein-klein. Da war ich ständig mal
verliebt. In eine Polizistin. In die Bus·fahrerin.
Sogar in meine Betreuerin! Die Liebe sprang mich an.
Wie ein kleiner Hund. Nur so aus Spaß. Diesmal war es
ernst. Ein schöner Ernst. Wie Musik in der Kirche.
Wenn die Orgel spielt. Zu Ostern. Das ist groß.
Da werde ich leise. Und wünsche mir, dass es immer und
immer weitergeht. Und da hatte ich eine Idee. Musik!
Nicht zum Ablenken. Zum Reinlenken!

•

„Ich gehe jetzt Musik hören!", sagte ich zu meiner Mutter.
Sie nickte. „Das ist auch gut", sagte sie.
„Willst du nachher noch Abend·brot essen?"
Aber ich schüttelte den Kopf. Ich ging in mein Zimmer.
Und nahm den Kopf·hörer. Und dann volle Lotte.
Das ganze Programm. Ich hörte: Helene Fischer.
Ich hörte: Udo Jürgens. Ich hörte: Drafi Deutscher.
Das sind alles Experten. Für Musik und Liebe.
Ich hatte einen Musik·rausch. Jedes Lied kam mir vor:
als wäre es für mich geschrieben! Als würden die Sänger
mich und Ela kennen. Ich hörte: Marmor, Stein und Eisen
bricht. Aber unsere Liebe nicht! Das war so stark.

Es machte mein Herz wild. Und stark. Ich tanzte.
Ich sprang in meinem Zimmer herum.
Ich sang mit. Ich brüllte mit. Auf einmal war es still.
Mein Vater hatte mir die Kopf·hörer abgenommen.
„Sag mal, spinnst du?“, fragte er.
„Im Wohn·zimmer wackelt schon die Lampe.
Von deinem Gehüpfe! Und gerade hat Frau Schubert geklingelt. Ob sie die Polizei rufen soll.
Wegen Ruhe·störung! Weil du so brüllst!“
Frau Schubert ist eine alte Frau. Die immer wartet.
Dass was passiert. Damit sie sich beschweren kann.
Ich war ganz außer Atem. Aber glücklich. Das Lied lief weiter in mir. Ich wusste jetzt: Marmor, Stein und Eisen bricht.
Aber unsere Liebe nicht. Das sagte ich meinem Vater.
„Okay“, sagte er. „Dann kannst du ja jetzt was Leiseres hören.“

•

Aber ich hörte dann gar nichts mehr. Ich ging duschen.
Und dann ins Bett. Der nächste Morgen war schon ganz nah.
Und dann würde ich sie fragen.

Marmor, Stein und Eisen bricht.
Aber unsere Liebe nicht!

Kapitel 12
Die Einladung.

Morgens. Ich ging wieder duschen. Ich zog mir keinen Anzug an. Der hatte mir kein Glück gebracht. Ich zog nicht meine Lieblings·hose an. Die sieht nämlich aus wie eine Lieblings·hose: gebraucht und gemütlich. Ich zog eine neue Jeans an. Und dazu ein neues Hemd. Wieder ein blaues.

•

Der Bus kam. Ich dachte: Sag es, sag es, sag es! Herr Kröter winkte. Ich winkte auch. Er hielt an und stieg aus. Ich sagte:
„Ich will mich mit dir treffen! Wann hast du Zeit?“
Er guckte mich an.
Er sagte: „Wie meinst du das?“
Ich sagte: „Verdammt. Machen Sie schnell.
Sonst vergess ich das.“
Herr Kröter machte die Tür auf.
Ela. Schön wie tausend Sonnen. Ich machte die Augen zu. Weil mich die Liebe so blendete. Ich tastete mich durch den Bus. Hin zu ihr. Ich stand vor ihr. Gebückt. Weil der Bus niedrig ist. Ich sagte es noch mal:
„Ich will mich mit dir treffen! Wann hast du Zeit?“
Und atmete ganz tief aus. Geschafft. Jetzt konnte ich die Augen aufmachen. Und meine Ela-Sonne lachte.
So leise·schön wie nur Ela lacht. Ich konnte jetzt gar nichts mehr sagen. Ich gab ihr einen Kuss.
Und setzte mich neben sie. Ich schnallte mich an.
Und rief nach vorne: „Kann losgehen!“, wie in einem Film.
Und dann guckte ich Ela an und sie sagte:
„Immer. Ich habe immer Zeit!“
Und ich dachte mir: Mann, das ist das beste Leben.
Ich erklärte ihr dann alles. Dass sie mit zu mir kommen sollte. Was ich ihr alles zeigen wollte. Mein Zimmer.

Meine Musik. Unsere Katze. Und auch die olle Frau Schubert.
Weil die auch zu meinem Leben dazugehört.
Mit ihrer Beschwererei.
„Die nicht“, sagte Ela.
Auch gut. Frau Schubert also nicht. Wir waren ganz glücklich. Bis der Bus hielt.
„Bis später!“, sagte ich und Ela küsste mich.
„Jetzt komm schon, Fatih!“, sagte Herr Kröter.
„Ich weiß gar nicht, ob das erlaubt ist …“
„Was?“, wollte ich wissen.
„Na, dieses Knutschen und so … ihr könnt doch nicht einfach …“
Aber da war ich schon weg. War mir doch egal.
Ich küsste, wann ich wollte. Und wen ich wollte.
Also immer. Und immer nur Ela.

•

Die Arbeit ging an diesem Tag leichter.
Ich kochte den besten Kaffee der Welt. Ich war der beste Behinderte der Welt. Ich lächelte mein schönstes Lächeln.
Der Chef war zufrieden. Die Kollegen ließen mich in Ruhe.
Und dann war auch schon Feier·abend. Ich schnappte mir was Süßes. Und ging zum Bus.
Ela war aufgeregt, als sie mich sah.
Ich sagte zu Herrn Kröter: „Einmal zu mir bitte.“
Er sagte: „Das geht nicht. Ich muss Ela nach Hause bringen.“
Ich sagte zu Ela: „Aber du hast gesagt, du hast Zeit.“
„Hab ich auch“, sagte sie.
Und zu Herrn Kröter: „Ich gehe heute mit zu Fatih.“
Er fuhr erst mal los. Wir hielten uns an den Händen.
Als wir bei mir waren, stiegen wir aus. Herr Kröter sagte:

„Ela darf nicht. Sie muss wieder einsteigen.“
Ela sagte: „Ich bin erwachsen. Das bestimme ich selbst.
Sie können mich später wieder abholen.“
Herr Kröter sagte: „So läuft das nicht.“ Er fing an, an Ela zu ziehen. Und dann zu schieben. Damit sie wieder einstieg.
Aber er schaffte es nicht.
Ich sagte zu Ela: „Komm! Da drüben wohne ich!“
Ich nahm sie bei der Hand. Wir liefen über die Straße.
Herr Kröter schrie: „Verdammt!“
Aber er musste erst die Tür zumachen. Und den Bus abschließen. Bevor er uns hinterher·laufen konnte.
Bis dahin hatte ich schon geklingelt. Meine Mutter machte auf. Ich wollte ihr gerade Ela vorstellen.
Aber da stand Herr Kröter hinter uns. Und brüllte.
Ich sagte einfach: „Komm rein, Ela.“ Und: „Mama, mach die Tür zu. Herr Kröter holt Ela später wieder ab.“
Meine Mutter sagte:
„Warte mal, Fatih. Das geht nicht so einfach.“
Dann sprach sie mit Herrn Kröter. Ganz ruhig.
Fragte nach Elas Telefon·nummer. Und sagte, sie würde da anrufen. Und sagen, dass sie Ela nach Hause bringen würde.
In einer Stunde. Herr Kröter war nicht überzeugt. Meine Mutter gab ihm Geld. Und zeigte auf das Café gegenüber.
Er sollte einen Kaffee trinken gehen.
Herr Kröter guckte auf den Schein in seiner Hand.
Fünfzig Euro. Meine Mutter ist klug. Herr Kröter sagte:
„Na gut. Dieses eine Mal. Aber Sie rufen da an!“
Meine Mutter nickte und machte die Tür zu.
„Eine Stunde. Ich sage euch Bescheid!“

•

Ich nickte. Glücklich. „Das ist Ela!“, sagte ich dann.
„Das sehe ich doch“, sagte meine Mutter.
„Ich bin in der Küche. Wenn ihr was braucht.“
Aber wir brauchten nichts. Wir brauchten nur uns.
Und ein bisschen Zeit alleine.
Ich nahm Ela mit in mein Zimmer. Zum Glück war es aufgeräumt. Sie guckte und guckte und guckte.
Alle Bilder, alle Fotos. „Das bin ich, da war ich klein“, sagte ich und sie sagte: „Süß!“, und ich freute mich.
„Und das bin ich auch!“, sagte ich und zeigte ihr das Foto vom Schwimm·wettkampf. Da habe ich eine Bade·shorts an.
Und man sieht viel von mir. Ich mag das Foto gerne.
Ich trage darauf eine Medaille.
„Das ist sehr schön!“, sagte Ela.
Ich setzte mich auf mein Bett. Und Ela ging herum.
Sie guckte aus dem Fenster. Sie sagte:
„So sieht es also aus, wenn du aus dem Fenster guckst!“
Sie ging zum Schrank. Sie sagte: „Und so sieht also dein Kleider·schrank aus.“
Sie drehte sich zu mir und sagte: „Alles hier ist so schön.
Alles, was mit dir zu tun hat, ist so schön.“
„Ach“, sagte ich, weil mir sonst nichts einfiel.

•

Die Katze maunzte. Sie lag dick und fett und schnurrig neben mir. Normaler·weise streichle ich sie ganz viel.
Wenn ich aus der Arbeit komme. Heute gar nicht.
Das nahm sie mir übel. Ela kam näher.
„Und das ist deine Katze!“
Die Katze fauchte und buckelte.
Ich sagte: „Hey, was ist denn los?“

Ela verstand die Katze. „Sie ist eifer·süchtig. Sie hat Angst. Dass du sie nicht mehr liebst. Wegen mir.“
Ich streichelte die Katze ein bisschen. Sie beruhigte sich. Jetzt saß ich in der Klemme. Immer wenn ich aufhören wollte, fauchte sie. Ich konnte aber nicht Ela und die Katze gleich·zeitig streicheln.
Ich war ein Mann. Ich musste mich entscheiden.
Die Katze musste raus. Ich hob sie hoch. Sie schnurrte.
Sie rieb ihren Kopf an meinem Gesicht. Ich trug sie zur Tür.
Sie wand sich. Ich setzte sie in den Flur.
Und machte die Tür zu.
„So“, sagte ich, „um die Katze kümmere ich mich später.
Jetzt bin ich mit dir verabredet.“
Ich setzte mich neben Ela auf das Bett. Ich küsste sie erst mal.
Ganz lange. Sehr schön. Ich konnte es jetzt wie von selbst.
Es war unbequem so im Sitzen. Wir legten uns neben·einander. Das war besser. Viel besser.
Ich streichelte Elas Gesicht. Ich streichelte Elas Hals.
Sie schnurrte wie die Katze. Quatsch, ganz anders.
Sie machte Schnurr·geräusche. Aber wie eine Frau.
So kleine Seufzer. Mit Mmmmh! und so.
Mmmmh! – Mmmmh! – Mmmmh! Sie streichelte meinen Rücken. Das Hemd war hoch·gerutscht. Sie streichelte die Haut entlang. Mann, war das schön.
Sie hatte sehr weiche Hände. Dass Küssen so, so schön war!
Da war immer noch Liebe. Klar. Aber auch noch was anderes.
Ich dachte: Mehr! Mehr-mehr-mehr!
Ich umarmte Ela fester. Ich wollte sie so viel wie möglich umarmen. Am liebsten wollte ich … ich wusste gar nicht, was ich alles wollte. Nur mehr von Ela.

Warum tun das Leute, die verheiratet sind, nicht die ganze Zeit?
Wie kann man damit aufhören?

Sie auch. Sie hielt mich ganz fest. Sie drückte ihren Körper gegen meinen. Sie war so weich. Ich spürte ihre Brüste. Und ihre Haare auf meinem Gesicht. Mir wurde immer wärmer. Und mein Herz schlug wie ver·rückt. Und dabei küssten wir uns die ganze Zeit. Und unsere Hände, die versuchten, alles zu fühlen.
Mann, Mann, Mann. Warum tun das Leute, die verheiratet sind, nicht die ganze Zeit? Wie kann man damit aufhören? Man kann. Wenn es klopft zum Beispiel. So wie dann.
Jemand klopfte laut an meine Tür.
„Fatih?“ Das war meine Mutter.
„Ja?“, rief ich und setzte mich hin. Ich wollte sie jetzt nicht sehen. Ich war noch ganz durch·geküsst. Meine Haut war wie Feuer. Und in mir pochte das Blut. An allen Stellen. Ja. An a l l e n Stellen! Auch da! Darüber konnte ich nicht mit meiner Mutter reden. Das war privat.
Ela setzte sich auch ordentlich hin. Und machte ihre Haare zusammen. Ganz streng. Sie ging zum Fenster und machte es auf. Puh! Frische Luft. Die brauchte ich jetzt.
„Fatih? Kommst du mal?“, rief meine Mutter wieder.
„Ja, gleich!“, rief ich.
„Nee, muss schnell sein!“
„Glei-heich!“
„Je-hetzt!“

•

Vom dem ganzen Gerufe war es in mir etwas ruhiger geworden. Auch da. Ich konnte jetzt rausgehen.
Ich küsste Ela noch mal ganz schnell. Dann ging ich in die Küche. Zu meiner Mutter.
Sie sah ernst aus.

„Du“, fing sie an. „Ich habe gerade mit Elas Eltern telefoniert. Die sind gar nicht einver·standen. Ela soll jetzt sofort nach Hause kommen. Sie darf sich nicht mit dir verabreden.“
„Was?“, fragte ich.
„Ja“, sagte meine Mutter. „Ich rede noch mal mit denen. Aber jetzt wäre es besser, wenn Ela nach Hause geht. Damit sie keinen Ärger bekommt.“
Ich war ganz traurig. Das war nicht gerecht.
„Komm“, sagte meine Mutter. „Wir bringen Ela nach Hause. Also fahren dürfen wir sie auch nicht. Sie fährt mit Herrn Kröter. Und wir hinterher. Dann sagen wir Hallo. Und vielleicht ändern sie ihre Meinung.“
Das fand ich eine gute Idee. Ich ging in mein Zimmer.
Oh! Ela hatte ihren Pulli ausgezogen!
„Mir war so warm!“, sagte sie. Und lächelte.
Ich hatte vergessen, was ich sagen wollte.
Ich streichelte sie. So schön.

•

Meine Mutter rief: „Fatih? Ela? Kommt ihr?“
Das erinnerte mich. Ich erzählte Ela alles. Sie erschrak.
Sie zog sich schnell wieder an. Jetzt hatte sie Eile.
Ihre Augen waren ganz groß.
„Ich will nicht, dass sie böse sind auf mich“, sagte sie, „schnell, schnell, schnell!“
„Mach dir keine Sorgen“, sagte ich, „ich komme mit. Und sage Hallo. Danach ist dann alles klar.“
Sie lächelte mich an. Wir beeilten uns wie ver·rückt.
Wir holten Herrn Kröter aus dem Café. Ela stieg ein.
Meine Mutter und ich in ihr Auto. Wir fuhren hinterher.
Wie bei einer Verbrecher·jagd. Wir waren auf Liebes·jagd!

Kapitel 13
Kein guter Besuch.

Wir hielten vor Elas Haus an. Ich staunte. Es war ein sehr großes Haus. Sehr, sehr groß. Sehr schön. Ganz weiße Mauern. Ein Riesen·garten. Ein breiter Weg. Eine breite Treppe. Ich wusste es: Ela war eine Prinzessin!
Ela stieg vor uns aus dem Bus. Sie ging den Weg lang.
Ganz normal.

•

Meine Mutter und ich stiegen auch aus.
Wir gingen hinterher. Ich fühlte mich wie eine Maus.
So klein. So grau. Ela drehte sich um. Sie winkte.
„Komm!“, rief sie. „Komm schnell! Jetzt zeige ich dir alles!“
Sie musste nicht klingeln. Die Tür ging schon auf.
Da standen ein Mann und eine Frau. Sie hatten schöne Kleidung. Aber hässliche Gesichter. Wut·gesichter.
Die Frau riss Ela in ihre Arme. Als würde sie sie retten.
Vor einem Monster. Sie guckte in meine Richtung.
Ich guckte mich um. Vielleicht war ein Monster hinter mir?
Aber da war nichts.
Der Mann stand hinter der Frau. Er hielt seine Arme um sie herum. Und auch um Ela. Er guckte auch sehr böse in meine Richtung. Ich drehte mich noch mal um. Da war nichts!
Herr Kröter hupte zum Abschied und fuhr weg.
„Das wird ein Nach·spiel haben!“, rief der Mann sehr böse.
Ich und meine Mutter gingen zu der Treppe.
Meine Mutter nahm meine Hand und drückte sie.
Sie flüsterte: „Lass mich erst mal reden, okay?“
Ich nickte. Okay. Wenn sie das wollte. Die Frau oben an der Treppe schob Ela ein Stück von sich weg. Sie nahm eine Hand vor den Mund. Sie rief: „Oh mein Gott!“, ganz schrill.
Sie rief: „Du hast deinen Pullover verkehrt herum an!“

Die Ela ist
ein besonderes Kind …

Ich dachte: Das ist doch kein Drama! Ob vorne oder hinten, das war nun wirklich egal. Pulli ist Pulli. Ich mochte Ela auch mit falsch angezogenem Pullover.
Der Mann guckte jetzt auch auf den Pullover. Und dann zu mir. Wütend! Ich musste nicht mehr hinter mich gucken.
Der meinte mich!

•

Jetzt waren wir oben.
„Guten Tag!", sagte meine Mutter. „Sie sind also die Eltern von Ela. Ich bin die Mutter von Fatih. Schön, dass wir uns kennen·lernen."
„Ha!", rief der Mann. „Ha!" Und nichts weiter.
„Fatih, stell dich mal vor", flüsterte meine Mutter und ließ meine Hand los.
„Guten Tag. Ich bin Fatih. Und ich liebe Ihre Tochter.
Wir werden heiraten, denke ich."
Jetzt war ich selber über·rascht. Das mit dem Heiraten, das war auf einmal so im Kopf. Und in einem Film sagen die das auch oft. Da fiel mir was ein. Ich ging in die Knie.
Und sagte mit Feier·stimme: „Ich halte um Elas Hand an!"
Bei den Eltern von Ela klappte der Mund nach unten.
Ihre Gesichter sahen aus wie riesige Os. Oh-oh-oh!
Aber sie sagten nichts mehr.
Meine Mutter zog an meinem Ellen·bogen.
„Steh auf, Fatih! Das passt jetzt nicht so gut.
Wir reden erst mal."
Der Vater von Ela machte Luft·schnapp-Geräusche.
Die Mutter von Ela heulte. Ela wusste gar nicht, wo sie hinsollte. Ihr Herz wollte zu mir. Das konnte ich fühlen.
Sie nickte ganz doll. YEAAAAH! Sie wollte mich heiraten!

Ich stand wieder auf. Ich war ein Held, ich war ein Held!
Ich machte eine Verbeugung vor allen. Ela klatschte.
Die anderen waren still.
Meine Mutter nahm wieder meine Hand. Sie sagte mit ihrer Arbeits·stimme (die benutzt sie auch bei wichtigen Anrufen):
„So. Wollen wir mal reingehen? Und reden?
Das wäre wichtig."
Elas Eltern sahen aus: als hätten sie am liebsten NEIN geschrien. Aber der Vater nickte. Und Elas Mutter schob Ela ins Haus. Und der Vater ging vor. Durch eine große Halle.
Dahinter war ein Wohn·zimmer. Aber kein normales.
Ein Wohn·zimmer wie in einem Schloss. Mit großen Fenstern.
Hinter den Fenstern war ein Garten. Kein Garten. Ein Park!
Elas Mutter sagte zu Ela: „Wollt ihr ein bisschen spielen gehen? Im Park?"
Ich lachte. Das sagen meine Eltern immer, wenn wir kleine Kinder zu Besuch haben.
Meine Mutter guckte komisch. Sie sagte: „Ich glaube, Fatih und Ela sind alt genug für Erwachsenen·gespräche."
Ela nickte. „Genau!", sagte sie und setzte sich auf das Sofa.
Ich konnte mich nicht setzen. Ich musste herumlaufen.
Und gucken. Überall hingen Bilder von Ela. Also Fotos von ihr. Und auch gemalte Bilder.
Die Fotos waren in Rahmen. Nicht wie bei uns. Wir haben sie in einer Schublade. Auf einem Stapel. Keiner klebt sie ein.
Sie kriegen Knicke und sehen nicht mehr schön aus.
Hier schon. Es waren ganz saubere Fotos. Ordentlich.
Es hingen viele neben·einander. Eine Reihe Weih·nachten.
Eine Reihe Ostern. Eine Reihe Geburts·tag.
Auf den Weih·nachts·fotos waren Ela und ihre Eltern.

Ela war ein Baby. Voll niedlich. Ihre Eltern sahen jung aus.
Ela lag auf einer Decke. Sie hatte ein buntes Geschenk·paket in den Händen. Sie trug einen rosa Strampler und eine Schleife in den Haaren.
Auf dem nächsten Bild saß sie auf der Decke. Sie hatte einen rosa Strampler an. Und eine Schleife in den Haaren.
Auf dem Bild danach war Ela schon größer. Sie hatte aber immer noch einen rosa Strampler an. Und wieder eine Schleife in den Haaren.
Auf dem vierten Bild trug Ela einen Riesen·strampler.
Danach trug sie fünf Bilder lang eine rosa Latz·hose.
Und danach fünf Fotos lang ein rosa Kleid.
Ela wurde immer größer. Und die Eltern sahen immer älter aus. Aber die Kleidung blieb lange gleich.
Als wäre Ela immer ein kleines Kind. Komisch.

•

Von mir gibt es alle möglichen Fotos. Das lustigste ist das:
Meine Mutter wollte ein richtig schönes Foto von mir machen. Mit einem kleinen Eimer. Und einer Sand·schaufel.
Ich hatte auch schöne Kleidung an. Auch so eine Latz·hose.
In Gelb. Und ich saß im Sand. Und da wurde mir schlecht.
Meine Mutter hat auf den Foto·apparat gedrückt.
Als ich gerade in den Eimer kotzte.
Das Foto hängt bei uns im Bade·zimmer. Ich habe meine Mutter mal gefragt, warum sie es aufgehängt hat.
Weil das Leben eben so ist. Hat sie gesagt.
Man wünscht es sich schön. Und tut alles dafür.
Und dann kotzt einer in den Eimer. Und dann lacht man am besten.

•

Oh! Ich war in meinen Gedanken weit weg. Aber ich war
immer noch in Elas Wohn·zimmer.
Meine Mutter rief: „Fatih!“
Alle saßen am Wohn·zimmer·tisch. Nur ich fehlte noch.
Ich wollte mich auch setzen. Am liebsten neben Ela.
Aber da saßen schon ihre Eltern. Mutter links, Ela in der
Mitte, Vater rechts. Beide hatten den Arm um Ela gelegt.
Sie ruckelte hin und her. Versuchte, die Arme loszuwerden.
„Schschsch …“, sagte die Mutter zu ihr. „Jetzt sitz doch mal
still. Wir müssen ein ernstes Gespräch führen.
Mit der Frau da.“
„Ja“, sagte meine Mutter. „Danke.“
Elas Vater räusperte sich. Er hustete ziemlich.
Und sagte: „Nun. Also. So geht das nicht.
Sie müssen wissen: Ela ist nicht wie andere Mädchen!“
Ich nickte und rief: „Genau! Das find ich auch!
Ela ist die Beste!“
Jetzt guckte er mich an. Mit schmalen Augen.
Ganz komisch. Ich war lieber still.
„Die Beste“, sagte er. „Ganz genau. Und das soll auch
so bleiben.“
Elas Mutter nickte. Sie hatte Tränen in den Augen.
Und strich Elas Haare hinter die Ohren.
Elas Mutter sah mich an. Sie beugte sich zu mir.
Sie nahm meine Hand. Sie sprach ganz deutlich:
„Das ist ja sehr schön, dass du unsere Ela so gerne magst.
Das ist wirklich, wirklich eine ganz, ganz tolle Sache.
Nur, weißt du? Die Ela ist ein besonderes Kind.
Und wir passen gut auf sie auf. Die Ela kann nicht gut
auf sich selber aufpassen.“

Jetzt reichte es Ela. Sie stand auf. Ich guckte hoch.
Ela war sogar von unten schön. Wahnsinn. Meine Ela!
Sie sagte: „Ich kann sehr gut aufpassen auf mich.
Ich bin kein Kind mehr. Und das ist Fatih. Und ich liebe ihn.
Wir werden heiraten!"
Wieder machten Elas Eltern diese Ooooooh-Gesichter.
Oh-oh-oh ...
„Wir laden euch natürlich ein!", sagte Ela.
Aber ihre Eltern schüttelten den Kopf. Ela kam zu mir.
Sie setzte sich auf meinen Schoß. Ich legte meine Hände um ihren Bauch.
„Tja", sagte meine Mutter. „Sie sehen es ja selbst. Wo die Liebe hinfällt", und guckte zu Ela und mir. Sie lächelte.
„Liebe! Liebe! Ha!", schnappte Elas Vater. „Liebe!"
Bei ihm hörte es sich an wie Lüüü-bäh!!! Dabei ist das so ein schönes Wort: Liebe.
„Lüüü-bäh!", sagte er noch mal. „Die Ela ist noch ein Kind.
Die weiß doch gar nicht, was das ist, Liebe!"
„Genau", sagte Elas Mutter und guckte mit strengen Augen zu meiner Mutter. „Diese Kinder! Das sind Geschenke!
Des Himmels! Die sind wie die Engel! So unschuldig!
So lieb! So frööööhlich!"
Ja, sie sagte wirklich „frööööhlich". Wie die Kunden in der Werkstatt. Mann, Mann, Mann.
Meine Mutter sagte: „Das ist doch jedes Kind. Ein Geschenk des Himmels. Das sind alles Engel. Aber die werden groß.
Alle. Dann müssen sie auch fliegen dürfen!"
Ich verstand das jetzt nicht ganz. Aber fliegen, das fand ich gut. Ich ballte meine Faust. Streckte sie in die Luft.
Und schrie: „Volle Flug·kraft voraus! Super·man!"

Meine Mutter griff nach meinem Arm. „Lass mal, Fatih. Ich brauch mal fünf Minuten Ruhe. Okay?"
Meine Mutter und ich haben eine Abmachung.
Wenn sie zu mir Ruhe und okay sagt, dann bin ich leise.
Das funktioniert. So la la. Aber ich bemühe mich.
„Also", sagte meine Mutter. „Die Ela ist ja auch schon erwachsen. Der Fatih auch."
„Mo-ment!", sagte Elas Vater. „Wir sind ihr gesetz·licher Vor·mund!"

•

Ge-setz-li-cher Vor-mund. Das ist ein Wort. Das mag ich gar nicht. Ge-setz-lich hört sich an wie ent-setz-lich.
Und Vor-mund. Da denke ich immer, es sitzt jemand vor meinem Mund. So wie Herr Kröter als Busfahrer.
Und wenn der pupst, dann muss ich das einatmen.
Weil der vor meinem Mund sitzt. Ent·setzlich eben.
Ich mag also gesetz·liche Vor·munde nicht.
Meine Mutter sagt, das Wort gibt es nicht mehr.
Das heißt jetzt Betreuer. Oder Betreuerin. Finde ich ein bisschen besser. Ich habe zwei Betreuer. Meine Mutter für alles mit Geld. Mein Vater für alles mit Gesundheit.
Das ist okay. Einer muss es halt machen. Also machen es meine Eltern. Wenn ich das gut finde. Haben sie gesagt.
Ich hätte auch wen anders fragen können. Oder mich über·raschen lassen. Dann hätte ich einen ganz neuen Betreuer bekommen. Vom Amt! Aber so ist es praktischer.
Wir reden zu Hause am Tisch. Meine Eltern fragen, was ich will. Dann sagen sie, was sie denken. Dann reden wir wieder.
Dann entscheiden wir. Dann unter·schreiben sie. Ich auch.
Manchmal gucken die Leute komisch. Der Zahn·arzt zum

Beispiel. Weil ich auch unter·schrieben habe. Das ist mir egal. Mir ist das wichtig. Sind ja meine Zähne. Gesetz hin oder her. Mein Name zählt.

•

Ich hatte ganz schön viele Gedanken. Aber hier ging das Gespräch weiter. Zwischen den Ela-Eltern und meiner Mutter. Ich wollte mich darauf konzen·trieren. Das war jetzt wichtig. Für mich und Ela.
Elas Mutter redete jetzt: „Wir wollen das nicht. Die Ela kann keine Beziehung haben. Nachher ist sie noch traurig. Und das wollen wir nicht. Die Ela braucht auch so was nicht. Schon gar nicht mit so einem, äh, Mann. Die Ela hat uns. Das reicht."
Ela wollte was sagen. Meine Mutter legte ihre Hand auf Elas Arm. Ela war leise.
Meine Mutter sagte: „Die Ela hat schon eine Beziehung. Das kann man nicht verbieten. Ob man sich verliebt oder nicht. Das passiert jedem. Und die beiden haben doch Glück. Sie sehen nicht traurig aus. Sie sind glücklich.
Und sie wollen Zeit zusammen haben."
„Ha!", machte Elas Vater wieder. „Das sieht man ja!
Wohin das führt! Zu falsch herum angezogenen Pullovern!
Ich will da gar nicht dran denken! Was da alles passieren kann!"
Ich schon. Ich wollte da gerne dran denken.
An Ela ohne Pullover. An Ela in glücklich. An Ela nah bei mir.
Und ich wollte gerne dran denken. An was da alles passieren konnte. Ela machte mir Lust. Auf Ela. Ohne alles.
Das wäre das Schönste gewesen.
Meine Mutter sagte: „Was soll denn schon passieren?

Wenn Liebe dabei ist? Das ist doch das Schönste!“
Elas Mutter guckte auf den Boden. Sie weinte.
Elas Vater antwortete. Er sagte etwas Gemeines.
Die Worte waren nicht gemein. Aber wie er sie sagte:
„Aha! So eine sind Sie also. Hören Sie mal: Das hier ist ein anständiges Haus! Da wird nicht einfach so Liebe gemacht. Wenn Sie verstehen, was ich meine!“
Jetzt wurde meine Mutter sauer. Sie redete so, wie wenn sie was aufregt: „Ach. Verstehe. Hier wird nur nach Vor·schrift geliebt? Oder wie? Wie sind Sie denn dann zu Ihrer schönen Tochter gekommen? Auch nach Plan? Alles nach Plan, ja? Leben nach Plan, lieben nach Plan, Freund·schaft nach Plan?“
Oh, oh, oh. Jetzt war richtig dicke Luft. Der Vater von Ela stand auf. Und brüllte: „Das lasse ich mir nicht bieten! Was bilden Sie sich ein? Das ist mein Haus! Hier bestimme ich! Und jetzt raus! Sie und Ihr blöder Sohn! Das werden wir ja sehen. Wir nehmen Ela aus der Werkstatt. Das war von Anfang an keine gute Idee! Sie bleibt wieder zu Hause!“
„Nein!“, schrie Ela. „Das ist meine Arbeit! Ich muss da hin! Ich bin wichtig. In der Arbeit! Und für Fatih! Das mache ich nicht mit.“
Meine Mutter drehte sich zu uns. Sie sagte: „Schschsch, das bringt jetzt nichts. Wir kriegen das schon hin. Mit Geduld. Deine Eltern werden das lernen. Sie brauchen nur Zeit.“
Elas Vater machte einen Schritt. Zu meiner Mutter.
Und brüllte auf sie runter: „Raus jetzt! Komische Ideen! Sie verwirren Ela! Die ist ja gar nicht mehr normal!“
Meine Mutter stand jetzt auch auf. Lächelte.
Und sagte: „Normal? War Ela denn mal normal für Sie? Das ist doch ein Anfang.“

Und dann sagte sie zu mir: „Komm Fatih. Sag mal Tschüss.
Wir fahren jetzt nach Hause. Und dann überlegen wir."
Ich wollte nicht gehen. Dann würde ich Ela nie wiedersehen.
Und das wäre wie Sterben! Das sagte ich auch.
Meine Mutter verstand das. Sie nickte. Aber sie sagte auch:
„Manchmal muss man klug sein. Und das bist du doch.
Wir kommen so nicht weiter. Wir regeln das anders."
Ich verstand gar nichts mehr. Aber Elas Vater ist groß.
Viel größer als ich. Und er sah wütend aus. Ich hatte Angst.
Auch wenn ich keine haben wollte. Ich hatte richtig Angst
vor Wut. Ich konnte mich nicht gut wehren. Ich war nicht so
stark. Ich fühlte mich wie eine Maus. Ich würde jetzt gehen.
Meine Mutter hatte recht. Sie nahm meine Hand.
Aber das wollte ich auch nicht. Ich ging. Aber ich ging selbst.
Ich sagte: „Ich gehe jetzt. Aber ich komme wieder.
Und dann heirate ich Ela. Und Sie sind gar nicht eingeladen."
Das saß. Jetzt war er leise.

•

Ela weinte. Ich gab ihr einen Kuss. Elas Mutter rief:
„Ogottogottogottogott!", aber da konnte sie nichts gegen
machen. Ich küsste Ela zu Ende. Und dann ging ich.
Wie ein Mann.

Kapitel 14
Schlimmer Kummer.

Im Auto heulte ich. Meine Mutter fuhr. Ich riss mich zusammen. Ich merkte mir den Weg. Er war einfach.
Immer die Land·straße geradeaus. Drei Orts·schilder weiter.
Dann war man bei mir. Der Weg zu Ela war also ganz gerade.
Das beruhigte mich. Immer nur geradeaus. Das konnte ich mir merken. Ich sagte nichts. Aber ich merkte es mir.

•

Meine Mutter redete ganz viel. Ich hörte nicht zu.
Die Sache war gelaufen. Ich würde Ela nicht wiedersehen.
Dachten die! Ich würde mir was überlegen. Die Liebe kriegt man nicht klein. Mit Gebrüll und Verboten. Die Liebe ist stark. Die Liebe findet Wege.
Und ich war Fatih. Der Eroberer. Ein Ritter der Liebe.
Mit einem Schwert aus Feuer. Und Ela war meine Prinzessin.
Die Eltern waren Drachen. Die würde ich besiegen.

•

Als wir ankamen, ging ich in mein Zimmer. Ich weinte nicht mehr. Ich dachte an Ela. Und stellte mir vor: wie sie in ihrem Zimmer saß. Das sie mir nicht zeigen durfte. Ich stellte mir das Zimmer auch vor. Wie ein Zimmer in einem Burg·turm.
Das bewacht wurde. Und Ela da drin eingesperrt.
Wie sie an mich dachte. Auf meinem Bett lag ihr Schal.
Ich zog ihn an. Er gab mir Kraft. Ich musste erst mal schlafen.
Damit ich am nächsten Tag stark sein konnte. Denn dann würde ich sie retten.

•

Am nächsten Morgen kam meine Mutter mit zum Bus.
Sie beruhigte mich. Sie sagte: „Das haben die nicht so gemeint. Bestimmt fährt Ela zur Arbeit! Das werden sie ihr nicht verbieten!“

Aber: Ich hatte recht. Ela war nicht im Bus. Herr Kröter sagte: „Sie kommt nicht mehr. Ihre Eltern haben gesagt, ich brauch sie nicht mehr abholen. Sie malt jetzt zu Hause."
Meine Mutter drückte mich. Sie dachte, ich wäre traurig. Das stimmte nicht. Ich war wütend. Wütend wie ein Tier. Wie ein Löwe. ROOOOAAAR!

•

Ich stieg ein. Und streichelte den Sitz. Auf dem gestern noch Ela gesessen hatte. Ich lächelte. Irgendwas würde mir einfallen. Etwas Gutes. Herr Kröter war freundlich. Er sagte: „Weißte, Fatih: Andere Mütter haben auch hübsche Töchter."
Damit meinte er wohl: Ich sollte mich nach einem anderen Mädchen umsehen. Ich wusste nicht. Die anderen Töchter waren nicht interessant. Und die anderen Mütter schon gar nicht.
Nur eine Tochter. Von einer Mutter. Auch wenn die Mutter ein Drachen war. Drachen haben manchmal Prinzes·sinnen-Töchter.
Ich sagte: „Hm-mh."
Das sagt mein Vater auch immer. Wenn er eigentlich nicht reden will. Aber freundlich sein möchte. Oder nur keinen Streit haben. Hm-mh, hm-mh, hm-mh .... Dann kann er weiter seine Zeitung lesen. Und dabei nachdenken. Das tat ich jetzt auch. Nur ohne Zeitung.

•

Als ich bei der Werkstatt ankam, war große Feier.
Der Chef hatte Geburts·tag. Alle hatten sich zum Früh·stück getroffen. Nur ich nicht. Weil ich erst um neun Uhr komme. Die anderen schon um halb sieben. Sie früh·stückten also

schon lange. Sie hatten wenig gegessen. Aber viel getrunken.
Bier. Ich roch das. Und eine Menge Flaschen waren leer.
Der Chef kam auf mich zu. Er umarmte mich. Und gab mir
einen Kuss. Auf die Wange. Ich glaube, er war betrunken.
„Fatih, mein Gold·junge“, sagte er. „Wir sind Freunde!“
Na ja, ich wusste nicht. „Jetzt guck nicht so. Ich meine es
ehrlich. Du bist ein Mitarbeiter wie alle anderen auch.“
Komisch. Dann hätte er mich ja auch eingeladen.
Hatte er aber nicht. Aber ich sagte nichts. Ich wollte
morgens kein Bier trinken. Das war nicht Freund·schaft.
Das war hier meine Arbeit. Und das war mein Chef.
„Soll ich mal Kaffee kochen?“, fragte ich und der Chef nickte.
„Das ist wohl nötig“, sagte er und alle lachten.
Er sagte zu einem Mechaniker: „Hol doch noch mal Bier.
Heute feiern wir!“ Und das machten sie. Keiner arbeitete.
Ich ging in die Küche. Ich kochte Kaffee. Extra·stark.
Vielleicht wurden sie dann wieder normal. Der Chef rief
aus der Werkstatt: „Wenn wer kommt: Ich bin nicht da!“
Es war ihm wohl peinlich. Dass er betrunken war.

Ich war Fatih.
Der Eroberer.
Ein Ritter der Liebe.

Die Liebe ist stark.
Die Liebe findet Wege.

Kapitel 15
Helden·herz.

Ein Kunde kam. Ich ging hin und sagte: „Hallo. Ich bin der Fatih. Ich bin hier mein eigener Behinderter."
Und dann lächelte ich. Das ging super·leicht.
Der Kunde sagte: „Oh. Hallo. Ich wollte nur meinen Wagen abgeben. Wo ist der Chef?"
Ich sagte: „Der Chef ist betrunken."
Der Kunde sagte: „Aha."
Ich sagte: „Ich soll sagen: Der Chef ist nicht da."
Der Kunde sagte: „Ist er jetzt da? Oder ist er nicht da?"
Ich sagte: „Geben Sie mir einfach den Schlüssel."
Der Kunde sagte: „Ich weiß nicht."
Ich sagte: „Der Chef weiß Bescheid."

•

Der Kunde gab mir seinen Auto·schlüssel. Und ging.
Ich guckte auf den Schlüssel. BMW. Wahnsinn. Ich guckte auf den Park·platz. Der Kunde ging an seinem Auto vorbei.
Und strich ihm über die Motor·haube. Wie zum Abschied.
Das konnte ich gut verstehen. Es war ein schnelles Auto.
Ein Siebener. Zehn Jahre alt. Ich sehe das. Ich kenn mich aus mit Autos. Ich steckte den Schlüssel in die Tasche.
Ich wollte den Schlüssel später abgeben.
Aber: Der Schlüssel brannte in meiner Hosen·tasche.
Ich dachte mir: Dieses Auto ist schnell und schön.
Man kann weit damit fahren. Ich kann Auto fahren und Ela kann küssen. Damit kommt man weit.

•

Ich brachte den Kaffee in die Werkstatt. Es war laut.
Alle redeten und lachten. Ich fand es nicht lustig.
Musik war an. Der Chef tanzte. Es sah komisch aus.
Er zog an mir. Ich sollte auch tanzen. Aber ich wollte nicht.

Ich sagte: „Ich arbeite jetzt.“ Dann ging ich in die Küche.
Ich räumte auf. Teller in die Spül·maschine.
Spüle auswischen. Milch in den Kühl·schrank.
Danach brachte ich den Müll raus. Die Müll·tonnen standen auf dem Hof. Ich ging an dem BMW vorbei. Und dann war es so: als würde das Auto reden. Nur in meinem Kopf natürlich. Nicht in echt. Ich bin ja nicht ver·rückt. Aber das Auto sagte, was ich dachte.
Der BMW sagte: „Hallo!“
Ich sagte gar nichts.
Der BMW sagte: „Wollen wir nicht los?“
Ich sagte: „Das geht nicht.“
Der BMW sagte: „Die Gelegenheit ist günstig ...“
Ich dachte mir: Das Auto spricht ganz schön schlau.
Die Gelegenheit ist günstig. Das heißt: Man hat Glück.
Jetzt geht etwas, was sonst nicht geht.
Der BMW sagte: „Genau. Heute geht was.“
Ich fragte: „Was denn?“
Der BMW fragte: „Mann oder Maus?“
Damit meinte er wohl mich. Ob ich mich was traute.
Wie ein Mann. Oder Angst hätte. Wie eine Maus.
Ich fragte zurück: „Was denkst du denn? Ich bin Fatih.
Der Eroberer. Ein Mann. Ein mutiger Mann. Und ich habe deinen Schlüssel.“
Der BMW sagte: „Dann sollst du mich fahren!“
Und ich sagte: „Ich weiß nicht.“
Der BMW flüsterte: „Ich bin schnell. Es macht Spaß.
Wir holen Ela. Komm!“ Und dann sagte ich nichts mehr.
Mein Herz klopfte super·schnell. Super·super·schnell.
Bummbummbumm-bummbumm-bummbummbumm!!!

Wollen wir nicht los?
Mann oder Maus?

Ich drückte auf den Knopf am Schlüssel. Der BMW machte ein Geräusch: Tschi-tschick!
Und ich sagte: „Nicht so laut!!!"
Er sagte: „Schrei nicht so. Steig ein."
Und ich stieg ein. Meine Hände waren ganz klebrig.
Ich guckte zur Werkstatt. Aber niemand war zu sehen.
Die Musik war so laut, dass ich sie bis hier hörte.
Niemand würde es merken. Ich würde jetzt Ela abholen.
Und wir würden einen schönen Tag haben. Ich könnte das Auto später zurück·bringen. Das wollte ich tun.
Jetzt ging es mir besser. Das war ein guter Plan.
Ich steckte den Schlüssel ins Schloss. Ich schnallte mich an.
Ich erinnerte mich an meinen Onkel. Und die Fahr·stunden.
Ich trat auf das Pedal von der Kupplung. Und drehte den Schlüssel.

•

Der BMW sagte: „YEAAAH! ROOOOOAAAAR! Und jetzt Gas!"
Ich gab Gas.
Der BMW wurde lauter: „ROOOOOAR-ROOOOAAAR-ROOOOOAAAARRRR!"
Und dann fuhr er los. Ich war vorsichtig.
Ich kannte mich aus. Ich fuhr vom Park·platz. Auf die Straße.
Und mein Herz. Mein Herz. Das war noch lauter als der Motor. BUMM-BUMM-BUMM-BUMM.
Ich sagte: „Herz, sei mal leise. Ich muss Auto fahren!"
Aber: Alles war laut. Das Auto und das Herz.
Das Herz brüllte: „Ich bin ein Helden-Herz! Und ich bin aufgeregt! Und mutig! Ich bin dein Herz!"
Und es schlug wie ver·rückt. Ich hatte auch noch Verstand.

Der macht das Denken. Das ist gut so. Denn einer musste auch noch lenken. Das Herz und das Auto.
Der Verstand half mir. Er achtete auf die Straße.
Und erinnerte mich an den Weg. Immer geradeaus.
An der roten Ampel anhalten. Wenn sie grün werden würde: weiter·fahren.

•

Ich kannte den Weg gut. Ich fuhr an meinem Haus vorbei.
Ich hoffte, dass mich keiner sah. Aber ich wünschte mir auch: dass alle mich sahen. Wie ich, ich, ich Auto fuhr.
Ich konnte das. Ich machte das Radio an. Ich brauchte jetzt Musik. Es lief ein Lied. Von Queen. Freddie Mercury sang: „I've got to break free!" Das ist Englisch. Und heißt:
Ich muss in die Freiheit aufbrechen. Das passte.
Ich sang mit: „I want to break free!"
Und schon war ich aus meiner Straße raus.
Ab hier war ich auf dem Weg zu Ela.

Kapitel 16
Elas Rettung.

Drei Orts·schilder weiter. Elas Straße. Das Auto wurde langsamer. Das Herz schneller. Da! Elas Haus! Ich hielt an. Puh! Und jetzt? Ich überlegte. Was sollte ich machen?
Ela holen. Ja. Aber wie? Ich konnte doch nicht kämpfen.
Wenn Elas Mutter Nein sagte. Was sollte ich dann machen?
Ich fragte den BMW: „Was soll ich machen?"
Der BMW sagte: „Na, hupen! So macht man das. Der Mann hupt. Und dann kommt die Frau raus. So läuft das im Leben!"
Und ich dachte: Das ist ein ganz schöner Angeber, dieser BMW. Ein Golf hätte das nicht gesagt.
Ich sag ja: Ich kenn mich aus mit Autos. BMWs sind alles Angeber. Golfe sind schüchterner. Aber das hier: war nun mal ein BMW. Keine Frage.
„Los!", sagte der BMW. „Mach schon! Hupe!"
Und ich wusste sowieso nichts Besseres. Also hupte ich.
Der BMW hatte nur halb recht. Ela kam nicht raus.
Aber: Sie guckte aus dem Fenster. Ich stieg aus.
Ich winkte ihr zu. Ich rief: „Komm runter!"
Ela machte das Fenster zu. Ich wartete. Mein Herz raste.
Ich hatte Angst. Ich hatte Liebe. Ich hatte Angst.
Ich hatte Liebe. Ein Glück! Die Tür ging auf! Ela kam.
Sie war wunderschön! Sie lief die Treppe runter.
Ganz schnell. Ihre langen Haare flatterten hinter ihr her.
Sie hatte ein Kleid an. Mit Blumen drauf. Es sah aus: als hätte sie sich den Garten angezogen. Als wäre Ela selbst ein Garten. In dem alles wuchs. Was schön ist und gut schmeckt und duftet. Sie lief zum Tor. Sie öffnete das Tor.
Ich stand da. Wie verzaubert. Ich konnte mich nicht bewegen.
Nur gucken. Ela stand vor mir. Sie umarmte mich.
Sie küsste mich. Sie weinte.

„Warum weinst du?“, fragte ich.
„Ich dachte, du kommst nicht!“, sagte sie.
Und: „Meine Eltern haben gesagt, du liebst mich nicht mehr. Sie haben gesagt, du hast angerufen und es gesagt. Und dass du mich nie mehr sehen willst!“
Ich sagte: „So ein Quatsch! Ich will dich immer sehen! Ich liebe dich. Ich liebe dich sehr. Und für immer.“
Ela sagte: „Willst du reinkommen? Meine Eltern sind in der Arbeit.“
Ich überlegte. Das war keine gute Idee. Sie würden bestimmt bald zurück·kommen. Und dann müsste ich gehen. Ich sagte also:„Nein. Wir fangen ein neues Leben an. Woanders. Ohne Eltern. Nur wir beide. Wir fahren ans Meer!“
Das war mir gerade so eingefallen. Als ich Elas Augen sah, dachte ich ans Meer. Und an freie Zeit.
Und da fiel mir Urlaub ein. Und das schönste Meer, das ich kenne. Das Meer in der Türkei.

•

Die Küste heißt Bosporus. Da war ich schon oft. Da kenne ich mich aus. Die Menschen dort sind sehr freundlich.
Und es gibt auch ein Haus dort. Am Strand. Das kenne ich auch. Von meinen Urlauben. Es gehört meinem Onkel.
Er vermietet es an Touristen. Aber wenn ich da bin, darf ich dort schlafen. Es ist sehr, sehr schön. Morgens braucht man nur aufstehen. Und rausgehen. Und schon ist man am Meer.

•

Dort würde ich mit Ela leben. Ich sah das vor mir.
Es wäre alles ganz einfach. Ich würde arbeiten gehen.
In der Auto·werkstatt von meinem Onkel. Ela würde in dem Haus bleiben. In dem Dorf gibt es auch ein Geschäft.

Da kann man auch Papier kaufen. Das brauchte Ela ja. Für ihre Arbeit. Ich würde Papier kaufen und Stifte. Und Ela würde dann im Haus und am Strand arbeiten. Und ich in der Werkstatt. Und abends würde ich zurück·kommen. Und wir würden Elas Bilder angucken. Und reden. Und küssen natürlich. Erst küssen, dann reden. Und wenn sie genug Bilder gemalt hätte, würden wir welche verkaufen. Wir würden reich sein. Und Essen kaufen. Fische vom Hafen. Und Gemüse vom Markt.
Ich konnte nicht kochen. Aber Ela vielleicht?
Oder meine Tante würde für uns kochen.
Das würden wir sehen. So lange könnten wir auch Brot essen. Das Brot in der Türkei ist anders als hier.
Es ist weich und weiß und dünn. Man kann darin Oliven einwickeln. Ich würde Ela alles zeigen.

•

Das alles sagte ich Ela. Elas Augen leuchteten.
Sie sagte: „Brauche ich noch etwas? Das wird eine lange Reise."
Ich sagte: „Du brauchst einen Bade·anzug."
Ela sagte: „Ich kann gar nicht schwimmen."
Ich sagte: „Dann brauchst du nichts."
Ela stieg ein. Ich auch. Und dann wollte ich losfahren.
Und hatte ein Problem. Ich wusste ja gar nicht, wohin!
Sonst war ich immer geflogen! Aber ich kannte auch den Weg zum Flug·hafen nicht.
Es war mir peinlich. Ich war ein Ritter mit einem Pferd.
Also keinem Pferd, aber einem BMW. Der war so schnell wie viele Pferde. Aber ich hatte keine Land·karte. Verdammt.
Ich fragte einfach Ela: „Wohin?"

Und sie zuckte mit den Schultern. Sie zeigte auf das Navi-Gerät. Und fragte: „Kannst du schreiben?“
Ich sagte: „Ein bisschen.“
Und sie sagte: „Dann musst du da Türkei eingeben.“
Ich schwitzte. Ich mag Schreiben nicht. Ich mache viele Fehler. Aber jetzt war es wichtig. Ich guckte das Navi an. Und musste erst mal lesen. Gleich das erste Wort war das richtige: Ziel·eingabe. Ich drückte drauf. Da kam eine Linie und Buch·staben.
Ich schrieb: „T - Ü - R - K - E - I.“
Das Navi sagte: „Wählen Sie eine Stadt.“
Ich wählte: „ISTANBUL.“
Das ist für mich die tollste Stadt in der Türkei. Istanbul liegt am Meer. Es gibt da eine Brücke. Über die bin ich schon mal gefahren. Da hört Europa auf. Und Asien fängt an. Da wollte ich hin mit Ela. Dahin, wo etwas aufhörte. Und etwas anfing. Das passte zu uns. Von da würde ich dann schon den Weg finden.
Das Navi-Gerät zeigte einen Kreis. Der sich drehte.
Das hieß: Das Navi war beschäftigt. Der Kreis verschwand.
Eine Zahl erschien: 2198 km.
Und eine Zeit·angabe: 22 Stunden, 43 Minuten.
Ich sagte: „Klasse!“
Ela fragte: „Was ist klasse?“
Ich sagte: „Ein Tag hat 24 Stunden.
Wir brauchen aber nur 22 Stunden und 43 Minuten.
Das heißt: In weniger als einem Tag sind wir schon da!“
Ela freute sich. Ich mich auch. Ich fuhr los.

Istanbul liegt am Meer.
Es gibt da eine Brücke.
Da hört Europa auf. Und Asien fängt an.

Da wollte ich hin mit Ela.
Dahin, wo etwas aufhörte.
Und etwas anfing.

Kapitel 17
Die Fahrt.

Das Navi sagte mir, wo ich hinmusste. Das Auto·fahren ging ganz gut. Ich fuhr vorsichtig. Viele Autos überholten uns. Das machte nichts. Sicherheit geht vor. Sagt auch mein Onkel. Wir hörten Musik.
Ich guckte auf die Tank·anzeige hinter dem Lenk·rad.
Der Tank war ganz voll. Ein Glück. Ich hoffte, dass das Benzin reichte. Ich fuhr noch ein bisschen langsamer.
Das Benzin sollte lange reichen.

•

Vorne war das Autobahn·schild. Jetzt war ich aufgeregt.
Auf der Autobahn war ich noch nie gefahren. Machte nichts.
Einmal ist immer das erste Mal. Die Auf·fahrt machte eine dicke Kurve. Wir waren drauf. Ich fuhr super·langsam.
Die anderen Autos hupten. Aber dann hatte ich es geschafft.
Wir fuhren Autobahn! Und ich gab Gas. Mir ging es besser.
Das Auto war schnell. Schnell, schnell, schnell.
Ich fuhr mit Ela ans Meer. Auf einmal ging es mir sehr gut.
Sehr, sehr, sehr gut! Ich guckte zu Ela. Die war glücklich.
Sie fragte mich ganz viel:
„Wie ist es am Meer? Wo werden wir schlafen?
Was kann man da essen?“
Und ich sagte: „Das sage ich später. Jetzt muss ich mich konzen·trieren!“ Das sagt mein Vater auch manchmal beim Auto·fahren. Wenn es knifflig ist.
Aber Ela fragte weiter: „Und ist es dort immer warm?
Und kann ich wirklich den ganzen Tag malen?
Und werden wir in einem Bett schlafen?“
Und dann antwortete ich doch und sagte:
„Ja. Es ist immer warm dort. Und das Essen ist toll.
Und wir können uns ein Bett aussuchen.

Das Haus hat nämlich zwei Schlaf·zimmer.
Und es gibt einen großen Tisch. Da kannst du malen.
Der Tisch steht am Fenster. Du siehst das Meer.
Und wenn du fertig mit Malen bist, können wir essen.“
Ela träumte ein bisschen. Ich fuhr. Es wurde anstrengend.
So lange war ich noch nie Auto gefahren.
Im Radio kamen Nachrichten. Der Verkehrs·funk.
Ich sagte zu Ela: „Sei mal kurz leise. Das muss ich hören.“
Das sagt meine Mutter nämlich immer. Wenn sie Auto fährt.
Die Nachrichten·sprecherin sagte: „Achtung auf der Autobahn. Auf der linken Spur fährt ein Auto mit stark verlang·samter Geschwindig·keit. Es ist ein schwarzer BMW. Seien Sie vorsichtig.“

•

Ich war vorsichtig. Ich fuhr nämlich auch auf der linken Spur. Ich fuhr lieber in die Mitte. Nicht nach rechts.
Da waren viele Last·wagen. Die fuhren alle an mir vorbei.
Links fuhren die anderen Autos an mir vorbei.
Die Leute guckten rüber. Zu mir. Und machten Wisch-wasch-Bewegungen. Mit ihren Händen.
Ich guckte nach vorne. Immer nur nach vorne.
Irgendwo da war das Meer. Ich konnte es nur noch nicht sehen. Da kam eine Ausfahrt. Ich brauchte eine Pause.
Ich musste einen Kaffee trinken. Das tut mein Vater auch immer. Wenn er lange Strecken fährt.
„Ich brauche jetzt einen Kaffee“, sagte ich. Und Ela kannte den Satz. Sie sagte: „Das ist gut. Dann kann ich mal aufs Klo.“
Das sagt sonst meine Mutter immer. Und normaler·weise seufze ich hinten im Auto und sage: „Können wir nicht einfach weiter·fahren? Dann sind wir schneller da!“

Aber an diesem Tag nicht. Jetzt war ich der Fahrer.
Und der brauchte diese Pause. Ich fuhr noch ein bisschen langsamer. Bis eine Lücke da war. Zwischen den vielen Last·wagen. Da fuhr ich durch. Huch! Da war schon die Ausfahrt. Meine Hände schwitzten. Ich fuhr vor das Restaurant. „MOTEL“ stand dran. Ich wusste, was ein Motel ist. So was Ähnliches wie ein Hotel.
Nur hässlicher.

•

Als ich klein war, wollte ich da immer mal schlafen.
Ich fand das toll. Man kann aus dem Fenster gucken.
Und den Autos zusehen. Und das hier: Das war immer mein Traum-Motel. Weil es genau über der Straße ist.
Es ist ein Brücken·haus. Über die Autobahn gebaut.
Als ich klein war, haben wir hier nie angehalten.
Es passte nicht. Es war nicht der passende Halt. Jetzt schon.

•

Aber erst mal einen Kaffee. Ich fand einen Park·platz.
Ganz vorne war ein schöner. Aber es war ein Behinderten-Park·platz. Davor stand ein Schild mit einem Roll·stuhl.
Den nahm ich natürlich nicht. Ela und ich sind ja nicht behindert. Wir können laufen. Wir nahmen den Park·platz davor. Der war auch sehr gut. Wir stiegen aus.
Ich schloss das Auto ab. Tschi-tschick! machte es.
Es hörte sich gut an.
Wir gingen in das Restaurant. Es fühlte sich sehr gut an.
Elas und meine Reise. Es roch nach Pommes.
Aber da vorne war Kaffee. Und da war auch eine Kasse.
Ich fragte Ela: „Hast du Geld dabei?“
Sie nickte.

Wir holten uns zwei Kaffee. Ela bezahlte.
Mit einem Hundert-Euro-Schein!
Ich fragte: „Woher hast du so viel Geld?"
Sie sagte: „Das ist aus meiner Spar·schachtel.
Meine Oma schenkt mir zum Geburts·tag immer einen Hundert-Euro-Schein. Ich wollte mir schon oft was kaufen.
Aber meine Eltern haben gesagt: ‚Das sollst du sparen.
Für etwas wirklich Wichtiges.' Bevor du bei mir warst, wollte ich losgehen. Ich wollte etwas für dich kaufen.
Etwas wirklich Wichtiges. Weil du für mich wirklich wichtig bist. Da habe ich meine Spar·schachtel aufgemacht.
Und die ganzen Scheine genommen. Wir können noch mehr Kaffee kaufen."

•

Die Kassiererin guckte kurz auf den Schein. Dann zu Ela.
Ela sagte: „Der Rest ist für Sie!" Und strahlte.
Ich fragte: „Willst du kein Geld zurück?"
Ela sagte: „Der Rest ist Trink·geld. Das macht man so."
Die Kassiererin fragte: „Echt?"
„Echt", sagte Ela.
Sie kam mir vor: wie die tollste Frau der Welt.
Wie eine Geschäfts·frau. Die ihr Leben im Griff hat.
Die reich ist und schön. Und dabei gut.
Weil sie gerne schenkt. Das ist toll. Ich schenke auch gerne.
Die Kassiererin sagte: „Danke!", und steckte das restliche Geld ein. In ein Schweinchen neben der Kasse.
Das Trink·geld-Schweinchen. Sie freute sich. Das sah man.
Sie fragte: „Wo sind denn eure Eltern?"
Und jetzt war ich schlau. Ich sagte ganz schnell:
„Auf dem Klo." Ich wollte nämlich nicht, dass Ela und ich

gestört wurden. Wir brauchten jetzt keine Eltern. Nur uns.
Wir saßen an einem guten Tisch. Ganz in der Mitte.
Wo man auf die Autobahn runter·gucken kann. Auf meiner Seite fuhren die Autos nach da. Und auf Elas Seite nach dort.
Und wir waren über allem. Und guckten.
Ich erzählte Ela alles über Autos. Sie hörte mir zu.
Im Restaurant lief Musik. Schöne Musik. Liebes·musik.
Mir wurde ganz liebeliebeliebe im Kopf. Ela auch.
Das sah ich. Wie sie mich anguckte. Ich guckte auf die Autobahn.
Und dachte: „Puh!" Da war auf einmal ganz viel Angst.
Dass ich das nicht schaffen würde. Bis in die Türkei.
Ich bin kein so guter Auto·fahrer. Glaube ich.
Ich war ganz schön müde vom Fahren. Trotz Kaffee.
Und ich dachte an eine lange Pause. Ich sagte Ela Bescheid.
Sie nickte.
Sie sagte: „Wenn man müde ist, soll man nicht fahren!"
Das stimmte. Ich kam mir blöd vor. Ich wollte doch Ela ans Meer bringen. In das Haus. Und jetzt schaffte ich das nicht.
Ela guckte mich lieb an.
Sie fragte: „Was ist los?"
Ich nahm meinen Mut. Und sagte: „Ich kann nicht mehr.
Ich weiß nicht, was ich machen soll. Ich habe Angst vor der Autobahn. Und es ist so schön mit dir. Und ich will dich ans Meer bringen. Und ich will nicht, dass du traurig bist.
Aber ich weiß nicht weiter."
Dann hatte Ela eine Idee. Eine großartige Idee.
Sie sagte: „Das hier ist doch ein Motel.
Das heißt: Hier kann man übernachten. Und das ist das Einzige, was ich will. Ich will auch ans Meer.

Aber vor allem will ich mit dir sein. Egal wo.
Das Meer läuft nicht weg. Aber jetzt ist jetzt. Und jetzt sind wir zusammen. Wir können machen, was wir wollen. Oder?“
Und ich sagte: „Ja. Jetzt gerade schon. Was willst du machen? Willst du noch einen Kaffee trinken?“
Ela sagte: „Ich habe genug Kaffee getrunken. Ich will keine Leute mehr. Hier sind so viele Leute. Die gucken. Ich will, dass keiner guckt. Es war schön mit dir. In deinem Zimmer. Ich habe am Abend noch daran gedacht. Und wollte wieder mit dir zusammen sein. In einem Zimmer. Alleine.“
Und ich sagte ihr: „So ging es mir auch. Mein ganzes Zimmer hat noch so gut gerochen. Als du weg warst. Und ich ins Bett gegangen bin. Du hast mir so gefehlt. Es war blöd, dass du nicht da warst. Ich hatte mich so gefreut. Ich küsse dich so gerne. Aber hier traue ich mich nicht. Ich habe auch Angst. Dass alle gucken.“

•

Ela sagte: „Dann lass uns woanders hingehen.
Ich habe das Geld. Und du musst reden. Ich weiß nicht, wie man das macht. Ein Zimmer mieten.“
Ich sagte: „Das kann ich.“
Ich kann das auch wirklich. Im Urlaub haben wir das schon oft gemacht. Ich und meine Eltern. Wenn wir übernachten wollten. Man geht an die Rezeption. Ein Zimmer mieten ist wie einen Kaffee kaufen.
Ich konnte das. Auf einmal war da Glück. Ich musste nirgendwo mehr hin. Nicht an diesem Tag. Jetzt blieben wir einfach hier. In diesem Traum·haus. Über der Autobahn. Es war so einfach. Wir mussten nirgends hin. Wir waren schon da. Wir brauchten nichts. Vor allem keine Leute.

Kapitel 18
Ein Zimmer nur für uns allein.

Ela und ich standen auf. Wir gingen zu dem Motel·schild.
Ein Mitarbeiter stand hinter dem Tresen. Er sah streng aus.
Er sagte: „Ja, bitte? Was kann ich für euch tun?"
Ich sagte: „Guten Tag. Wir hätten gerne ein Zimmer."
Er lachte. Er lachte einfach.
Ich sagte: „Das ist kein Witz. Wir brauchen jetzt ein Zimmer."
Er sagte: „Das kann ich nicht machen. Tut mir leid."
Ich fragte: „Warum?"
Er guckte mich groß an.
Er sagte: „Wie kommt ihr denn auf die Idee?"
Ich sagte: „Das hier ist doch ein Motel. Für Auto·fahrer.
Und das bin ich. Und das hier ist meine Frau. Wir machen eine Reise. Aber jetzt brauchen wir eine Pause. Und wollen hier Pause machen. Das ist doch eine ganz normale Sache."
Der Mitarbeiter guckte an uns vorbei. Hinter uns.
Er sagte: „Ihr seid doch bestimmt nicht alleine unterwegs.
Wo ist denn eure Gruppe?"
Ich sagte: „Doch, wir sind alleine unterwegs.
Wir haben keine Gruppe."
Er sagte: „Aber ihr seid doch behindert, oder?"
Ich sagte: „Wir haben auf einem normalen Park·platz geparkt.
Nicht auf dem Behinderten-Park·platz. Weil wir nicht park·platz·behindert sind. Und nicht auto·fahr·behindert.
Und schon gar nicht liebes·behindert. Wir können Kaffee kaufen. Ich arbeite in einer Auto·werkstatt. Und meine Frau arbeitet bei einer Zeitung. Und wir sind im Urlaub.
Auf dem Weg ans Meer. Und jetzt möchten wir hier übernachten. Das ist doch eine normale Sache."
Der Mitarbeiter guckte mich an. Jetzt kam Ela einen Schritt nach vorne. Und holte ihren Geld·beutel raus.

Sie nahm ein paar Hundert-Euro-Scheine.
Der Mitarbeiter fragte: „Woher hast du so viel Geld?"
Ela war so gut! So gut!!!
Sie sagte: „Das ist meins. Und es geht Sie gar nichts an. Und warum sagen Sie Du zu mir? Wir kennen uns doch gar nicht. Können wir jetzt ein Zimmer mieten? Das ist doch Ihre Aufgabe, oder?"
„Ja", sagte der Mitarbeiter.
„Na, also", sagte Ela.
Und sie hörte sich an wie meine Mutter. Wenn die Sache klar ist.

•

Der Mitarbeiter fragte noch mal nach: „Dürft ihr das denn?"
Und jetzt war ich dran. Ich sagte: „Warum denn nicht?
Wir sind erwachsen. Wir fahren in den Urlaub.
Wir brauchen eine Pause. Wir mieten ein Zimmer.
Wir bezahlen das Zimmer. Und morgen fahren wir weiter.
Das ist doch ganz, ganz einfach. Oder sind Sie behindert?"
Jetzt musste Ela lachen. Weil die Leute das immer so sagen.
Wenn sie was Gemeines sagen wollen. Dann sagen sie:
Du bist doch behindert! Und jetzt hatte ich es gesagt.
Es hörte sich cool an.
Und der Mitarbeiter war nicht böse. Er lachte auch.
Und sagte: „Ihr seid mir ja welche ..."
Ich merkte: Er wusste nicht, welche wir sind. Er wusste nicht, was er denken sollte. Aber das machte nichts. Ela und ich wussten es.
Der Mitarbeiter sagte: „Na gut. Ein Doppel·zimmer oder zwei Einzel·zimmer?"

•

Ela und ich guckten uns an. Und sagten dann gleich·zeitig: „Ein Doppel·zimmer!"
Und dann bekamen wir einen Schlüssel. Einen schweren Schlüssel. Der war ganz leicht in unserer Hand.
Der Mitarbeiter erklärte uns den Weg. Wir gingen zu einem Aufzug. Ich konnte Ela auf einmal gar nicht mehr angucken.
Weil ich daran dachte: Das war es, was ich wollte.
Und das war es, was Ela wollte. Und gleich war es das wirklich. Ela und ich in einem Zimmer. Zu dem wir den Schlüssel hatten. Und keiner sonst. Keiner, der uns störte.
Nur Zeit. Und wir.
Das Zimmer hatte die Nummer 220. Es war in der Mitte vom Gang. Das war Glück. Es war nämlich da, wo wir vorher Kaffee getrunken hatten. Nur einen Stock höher.
Genau in der Mitte von der Autobahn. Das Zimmer war komisch. Es war nicht wie mein Zimmer zu Hause.
Es gab keine Bücher. Und keine Sachen. Nur ein Bett und einen Tisch und zwei Stühle. Und es gab ein Bad.
Ein winzig kleines Bad. Das alles sah ich ganz schnell.
Ich ging ans Fenster. Und guckte. Alle Autos fuhren.
Autobahn·schnell. Und mein Herz. Das schlug.
Auch autobahn·schnell. Mein Herz war ein Ferrari.
Ich drehte mich um. Zu Ela. 12 Zylinder. Volle Lotte.
Bamm-bamm-bamm.

•

Ela kam zu mir. Sie war so schön. So, so schön.
Sie stellte sich vor mich. Und sagte: „Guck mal!"
Sie zeigte auf die Wand. Über dem Bett. Und da hing: ein Bild.
Auf dem Bild sah man eine Brücke. Eine ganz besondere! Ich kannte diese Brücke! Es war die Bosporus-Brücke.

In Istanbul. Und die Sonne ging unter. Das Meer unter der Brücke war orange. Das Meer ist eigentlich weit.
Aber an dieser Stelle ganz eng. Damit es zwischen die beiden Teile der Stadt passt. Dachte ich mir so. Und nahm Ela in den Arm. Auch ganz eng. Damit der Ela-Teil und ich ein Teil werden konnten. Meine Umarmung war eine Brücke.
Ela umarmte mich auch. Ich konnte sie gut spüren.
Es war so schön. Ich küsste Ela. Und dachte: Jetzt küsse ich sie das erste Mal so richtig. Ohne Angst. Dass jemand kommt.
Und ich damit aufhören muss. Das Zimmer gehörte uns.
Und die Zeit. Ela küsste mich zurück.

Kapitel 19
Die Brücke.

Ela streichelte meinen Rücken. Ihre Hand war ganz warm.
Ich hörte auf, Ela zu küssen.
Ich musste ihr was sagen: „Die Brücke, Ela! Das ist die Brücke! Zu der ich mit dir will. Wollte. Jetzt sind wir schon da.“
Und Ela sagte: „Ja. Jetzt sind wir da. Komm, wir legen uns zu der Brücke. Ich will nicht mehr stehen.“
Und das taten wir. Vorher machte ich das ganz helle Licht aus. Und ein kleines an. Das auf dem Nacht·tisch.
Das war gelb und freundlich. Und warm. Elas Haut sah ganz weich aus. Und ihre Augen glänzten. Sie hatte Wunder·augen.
Wenn ich in Elas Augen sehe. Dann ist es wie in den Himmel sehen. Nachts, wenn alle Sterne leuchten. So schwarz sind ihre Augen in der Mitte. Und so sehr funkeln sie.
Wenn sie nah bei mir ist.

•

Ich zog Ela ganz nah an mich. Und hielt sie fest.
Sie umarmte mich auch. Wir atmeten. Ich spürte Elas Atem.
Und meinen dazu. Wir atmeten genau gleich. Mit einer Pause.
In der spürte ich Elas Herz schlagen. Ganz nah an meinem Herz. Stark und leicht und gut. Ela ist kleiner als ich.
Nicht viel. Aber in meinem Arm fühlte sie sich kleiner an.
Ich fand das schön. Ich fühlte mich sehr stark.
Wie ein Beschützer. Und da war noch ein Gefühl.
Ich wollte mit Ela eins sein. So weit, wie es geht.
Beim Küssen war das schon fast so. Aber in mir konnte ich spüren: Das war noch nicht alles. Wir küssten und küssten und küssten. Es hörte nicht auf, schön zu sein.
Elas Hand war in meinen Haaren. Das kribbelte. Besser als beim Friseur beim Haare·waschen. Und das ist schon schön!

Aber als Ela ihre Hand in meinen Haaren hatte:
eine Million Mal besser. Dann war ihre Hand an meinem Hals. Da war sonst immer nur meine eigene Hand.
Da fasste mich keiner an. Auch nicht der Friseur.
Ela berührte also etwas, das noch keiner berührt hatte.
Es war ein ganz neues Gefühl. Als ob meine Haut neu wäre.
Überall da, wo Ela sie anfasste. Sie fasste unter mein T-Shirt.
Den Rücken hoch. An der Seite. Da bin ich kitzlig.
Aber als Ela mich dort berührte, lachte ich nicht.
Weil es nicht kitzelte. Sondern sehr ernst war. Schön ernst.
Jede Berührung von Ela machte mir Lust. Ich wollte Ela auch berühren. Wir machten alles gleich·zeitig. Ich streichelte Ela am Rücken. Und sie mich an meinem Rücken. Und das war auch Eins·sein. Weil es sich so anfühlte. Ela machte meine ganze Haut neu. Mit ihren Fingern. Sie kratzte ganz leicht dort entlang. Ich bekam Gänse·haut davon. Weil es so schön war. Sie zog mir mein T-Shirt aus. Ich spürte ihre Haare auf meiner Haut. Viel schöner als das Fell meiner Katze.
Elas Haare waren wie ein Vorhang. Vor ihrem Gesicht.
Ich schob ihn beiseite. Sie guckte mich an. Voller Liebe.
Und ich merkte: Das war dieselbe Liebe wie bei mir.
Ich guckte sie genauso an. Die Liebe war eine Brücke.
Zwischen Ela und mir. Die Liebe war auch das Meer.
Zwischen Ela und mir. Alles wurde eins durch die Liebe.

•

Wir ließen uns Zeit. Weil wir jetzt welche hatten. Ich dachte mir: Dieses Zimmer ist eine ganze Welt. Wir müssen hier nie mehr weg. Wir können für immer bleiben. Also mache ich langsam. Weil es so schön ist. Ich mache nämlich auch Elas Haut neu. Mit meiner Hand.

Und ich konnte sie küssen. Nicht nur den Mund.
Ich liebte Ela so sehr. Ich wollte auch ihre Ohren küssen.
Die sind klein und an den Rändern ganz zart.
Als Ela das bei mir machte: Oh Mann! Ich hörte sie atmen.
Als würde ich selbst atmen. So war das. Und in meinem
Bauch: puh! Das Gefühl war groß und wild und stark.
Aber ich hielt ganz still. Elas Ohren also. Elas Hals.
Sie machte Geräusche. Die hatte ich schon mal gehört.
Als sie bei mir war. Die Frauen-Schnurr-Geräusche.
Mmmh-mmmmh-mmmmmmmmmmhhhhh ...
Ich kenne nichts, das schöner klingt. Ich küsste weiter.
Ich zog Elas Pulli aus.

•

Ich kann nicht mehr alles erzählen. Also, ich könnte.
Aber ich will das nicht. Das war nur zwischen Ela und mir.
Es ging so weiter. Lange und lange weiter. Bis gar nichts
mehr war zwischen Ela und mir. Nur Haut und Liebe.
Ich wusste schon, was wir tun. Ich habe das gesehen.
In Filmen. Oder auf Fotos. In einer Zeitung. Im Internet.
Aber hey! Das war anders. Das hier mit Ela: Das war das
Größte, das Aller·größte. Anders als alle Bilder, die ich
gesehen hatte. Ela war mein Bild. Und ich ihres.
Und zusammen waren wir das Schönste, was es gibt.
Es gab keine Brücke mehr. Wir brauchten keine.
Wir waren wirklich eins. Und das konnte ich spüren.
Überall. Mit meiner Haut. Mit meinen Gedanken.
Mit meinem Herzen. Das Herz verteilte seine Liebe.
Überallhin. Es war ein Fest. Ein wildes Fest.
Mit leiser Musik. Und lauter Musik.

•

Elas Körper war alles auf einmal. Als wäre ich hungrig.
Und könnte satt werden von ihr. Als hätte ich Durst.
Und könnte trinken von ihr. Als wäre ich müde.
Und könnte schlafen bei ihr. Als wäre Ela Musik.
Und ich könnte tanzen dazu.

•

Wir sahen uns oft an. Wir redeten nicht viel.
Aber ein bisschen. Wenn ich in Elas Augen sah. Da sah ich alles. Ich sah das Glück. Und dann auch eine Angst.
Als ihr etwas weh tat. Das wollte ich nicht.
Aber Ela sagte: „Es ist schon wieder gut. Jetzt ist es gut.
Jetzt bist du da. So nah bei mir. Das ist so schön."
Ich fragte: „Wirklich?" Und Ela nickte. Sie lachte in meinem Arm. Ein Glücks·lachen. Glück-Glück-Glück. Elas Lachen war unter mir. Ich spürte, wie ihr ganzer Körper lachte. Für mich. Für uns. Weil das so unglaublich war. Ich hatte noch nie so viele Gefühle auf einmal. Ich war total stark. Und auch ganz schwach. Beides auf einmal. Das hatte ich noch nie.

Dieses Zimmer
ist eine ganze Welt.

Kapitel 20
Aufwachen und weiter·lieben.

Le séquoia géant est une vraie force de la nature ! Très rare, endémique de la Californie, aux États-Unis, il tutoie les nuages à près de 100 m de haut. Son tronc a battu le record de 31 m de diamètre ! Son écorce spongieuse de plus de 50 cm d'épaisseur le protège des incendies, et il peut vivre jusqu'à 3 200 ans. Comme tout conifère, il produit des cônes, mais les siens mettent jusqu'à 20 ans pour s'ouvrir et libérer les graines qui lui permettront de se reproduire.

L'acacia parasol est l'un des arbres emblématiques de la savane africaine. Ses branches sont hérissées d'épines acérées pouvant atteindre 10 cm de long. Ce qui n'empêche pas les girafes de dévorer ses feuilles ! Cet acacia cache aussi jusqu'à 30 m dans le sol un système de racines tentaculaires. Il se reproduit grâce à ses drôles de gousses plates et parfois enroulées en spirales, qui libèrent une dizaine de graines dont seules quelques unes (ou aucune !) germeront...

Endémique de l'île du même nom, en mer d'Arabie, le dragonnier de Socotra survit à la chaleur grâce à ses feuilles coriaces formant un toit. Ainsi, elles abritent ses branches du Soleil et réduisent ses pertes en eau. Pointées vers le ciel, elles recueillent la rosée matinale et la guident le long du tronc jusqu'aux racines. Mais cet arbre rare se distingue surtout par sa précieuse résine rouge vif, encore utilisée comme colorant, et qui aurait aussi de multiples propriétés médicinales.

On trouve le baobab à Madagascar, en Afrique et en Australie. Son tronc massif rétrécit au sommet. Dans les régions les plus arides, ses branches irrégulières sont dépourvues de feuilles presque toute l'année !

Symbole du paradis tropical, le cocotier produit des noix énormes qui renferment une délicieuse chair blanche très prisée en cuisine et une eau très désaltérante.

Le palmier-dattier doit vivre les pieds dans l'eau et la tête au Soleil pour produire ses fruits, les dattes, qui poussent en grappes.

Né en Asie, le bananier n’est pas un arbre mais une herbe géante. Il en existe plus de 1 000 variétés, dont certaines cultivées pour leurs fruits, fibres et feuilles ou pour décorer les jardins. Quand elles sont mûres, les bananes deviennent jaunes.

À l'état sauvage, l'arbre du voyageur est endémique de Madagascar. On le nomme ainsi car la légende dit que les marcheurs au long cours boivent l'eau de pluie retenue à la base de ses feuilles en éventail. Ses fruits renferment de jolies graines bleu vif.
Quel original !

Gigantesque parasol écarlate de 15 à 30 m de haut, le flamboyant procure une ombre bienfaisante dans les nombreuses régions tropicales où il a été introduit, depuis Madagascar sa terre d'origine. Réunies en grappes au bout de ses branches, ses fleurs à 5 pétales sont d'un beau rouge vif.

Originaire d'Amérique centrale et du Sud, le fromager domine la forêt tropicale du haut de ses 50 m. Il devrait son nom à l'odeur de lait aigre de ses fleurs très appréciées des chauve-souris qui le pollinisent. Mais on l'appelle aussi « arbre à kapok », en raison des fibres cotonneuses contenues dans ses fruits. Ses énormes racines envahissent tout ce qui les entourent.

L'eucalyptus arc-en-ciel est natif de l'île de Mindanao dans les Philippines. Cultivé pour fabriquer de la pâte à papier, il agrémente aussi les parcs et jardins de son joli tronc multicolore. Il doit ses beaux motifs au détachement de lambeaux d'écorce dont la couleur évolue au fil du temps. D'abord verte, elle devient ensuite bleue, violette, orange et enfin marron.

Résident d'Afrique tropicale, l'arbre à saucisses est ainsi surnommé à cause des drôles de charcuteries végétales qui pendent à ses branches. Pesant en moyenne 4 kg pour 60 cm de long, ses fruits régalent toutes sortes d'animaux de la savane. Les jolies fleurs rouges ne s'ouvrent que la nuit et sentent très mauvais !

Crédits photographiques :

Couverture :
FOTOLIA : www.serkat.at / adrenalinapura / Unclesam / Shaiith / rogerkylau / Wolfisch / Ziablik / RalfenByte.

Jaquette :
FOTOLIA : quickshooting / www.serkat.at / adrenalinapura / Unclesam / Shaiith / rogerkylau / Wolfisch / Ziablik / RalfenByte / ah_fotobox / Robert Schneider / MajusCOOL / Peter Maszlen / Andreas Edelmann / Unclesa / Robert Schneider / Gerisch / MajusCOOL / Peter Maszlen / Andreas Edelmann / Unclesam / satori / Tutti i diritti riservati / mdbrockmann82 / Giorgio Pulcini / Buffy1982.

123RF : Copyright © Helen Hotson

Intérieur :
FOTOLIA
P2 BELZHEIM 54 - P5 unverborden - P6 satori / hecke 71 - P7 Chêne /olhaafanasieva / Dudarev Mikhail / satori / BillionPhotos.com / davis / tingitania / Dani Vincek - P8 Antonio GAUDENCIO / JOSE LUIS VEGA / celeste clochard / olympus - P9 Jacky Jeannet - P10 Unclesam / Marc AZEMA / capude1957 / Cyril Comtat / Irina Fischer - P11 coco - P12 andreaobzerova /www.serkat.at - P13 Wolfgang Filser / Goldengel - P14 aes ace - P15 Wolfgang Filser / Hellen Sergeyeva /mates / Hellen Sergeyeva / Karl RIQUART /majo1122331 - P16 Gerisch / Dmitry Pichugin / Michael Tieck / Gerisch - P17 celeste clochard - P18 manaaa - P19 Alexander_photo / rufar / P20 / Buffy1982 - P21 Swetlana Wall / Dani Vincek / Wolfisch / BELZHEIM 54 - P22 PaylessImages / darezare / peggy / KROCRISTI@YAHOO.COM / Fotoschlick - P23 Jrgen Flchle P24 hans engbers - P25 Profotokris / Nenov Brothers / tiantan / hiromi8787 / Hans Engbers - P26 Irisha / MIGUEL MORALES - P27 Wolfgang Mücke / Pictures news / doris oberfrank-list - P28 rogerkylau / ponta2210 / san724 / Oksana Tkachuk - P29 porbital - P30 ah_fotobox - P31 ah_fotobox /mcdowelljohn / canoista83 - P32 Luis Carlos Jimnez / Shaiith / olivier - P33 Samuele Gallini - P35 waechter-media.de / ThomBal / pommier / © Arena Photo UK / Robert Schneider / Friedberg - P36 jelena990 / Peter Maszlen / Unclesam - P37 Olaf Speier / citronnier - P38 © 2015 Hsiao Chih Chieh / Emirali KOKAL / mdbrockmann82 / helenedevun - P39 Christian Mller - P40 ChiccoDodiFC - P41 mimosa / zhannakorzh13 / purdesign9 / Tutti i diritti riservati - P42 Copyright © Helen Hotson - P43 mates / Helen Hotson / Matauw / Sergey Kravchenko / 43 zhekos - P44 Giorgio Pulcini / MajusCOOL /Hgalina - P45 jol BEHR - P46 Chris Boswell - P47 DavidArts / Galyna Andrushko - P48 Acacia tortilis / Herbert Kratky - P50 Vladimir Melnik / Vladimir Melnik / javarman - P51 Jan Krejza - P52 Andreas Edelmann - P53 baobab / estivillml / Nazzu / ninette_luz / U. Gernhoefer / emk(c)2015 / klublu / adrenalinapura - P54 shocky / fiona dorison / manta94 / LEVENT KONUK - P55 shocky - P56 Maxim Malevich - P57 helenedevun / datier / Orianne Courmes / jol BEHR - P58 Fordzolo@Contributor / moonrise / mname / alain wacquier - P59 Fordzolo@Contributor - P60 wichypong - P61 Vetea TOOMARU / Alexander Morozov / clombumbus / © Dario Lo Presti 61 clombumbus - P62 hwannaa - P63 Unclesam / khumthong / LR Photographies / BasPhoto / BasPhoto - P64 Toniflap / fromager / joey333 - P65 Simon Dannhauer - P66 Copyright Backyard Productions LLC 2014 / sherjaca - P67 7 day web design / Copyright Backyard Productions LLC 2014 - P70 BELZHEIM 54.

123RF
P4 Inga Nielsen - P16 Jon Bilous - P20 Wolfgang P22 PaylessImages - P31 lianem - P34 Dominic Labbe - P42 Copyright © Helen Hotson - P43 Toro Attila - P44 Anna Omelchenko - P48 Alexandra Giese - P49 Juergen Schonnop / Eric Reisenberger / Herbert Kratky - P51 Konstantin Kalishko / Jan Krejza.- P53 emk(c)2015 - P56 Maxim Malevich - P57 Pavel Huspeka / Orianne Courmes - P68 Gurcharan_Singh / belikova / Elizabeth Bakusov Le Do - P69 Todd Taulman.

Textes : Christine Baillet.